艾梅洛閣下II世事件簿

「case.阿特拉斯的契約（上）」

三田誠

插畫／坂本みねぢ

Kadokawa Fantastic Novels

艾梅洛閣下Ⅱ世……鐘塔　現代魔術科　君主

萊涅絲・艾梅洛・亞奇索特……艾梅洛家下任當家
艾梅洛閣下Ⅱ世的義妹

費南德……村莊教堂的祭司

伊露米亞……村莊教堂的修女

格蕾之母

貝爾薩克……「布拉克摩爾墓地」的守墓人

格蕾……「布拉克摩爾墓地」的守墓人
村莊的神子

Characters Lord El-Mello Ⅱ Case Files

「很好。」

萊涅絲點點頭。

然後，她感慨地低語。

「我有猜到妳總有一天會這麼開口。雖然這與其說是預測，更接近願望。」

她的口吻顯得有些為難，若非我的錯覺，那語調是沒來由的深情。

「那麼，暫且由我——萊涅絲・艾梅洛・亞奇索特之口來訴說妳和

艾梅洛閣下II世事件簿

「case.阿特拉斯的契約（上）」

Kadokawa
Fantastic
Novels

Lord El-Melloi
II
Case Files

艾梅洛閣下II世事件簿

6 「case.阿特拉斯的契約（上）」

目錄 Contents

✦ 序章 ✦

教室一如往常地熱鬧。

在現代魔術科（諾里奇）擁有的講堂中，這裡也是特別古老的一座。階梯教室呈扇形展開，幾乎沒幾個空位。聽說艾梅洛教室原本是學生人數約十幾人的小班教學，不過總是有多達三倍的旁聽生湧入課堂。

雖然魔術師反感科學，建築物裡姑且還是裝了中央空調系統，室內的空氣裡帶著微微暖意。與普通大學的差異，頂多只有多了抹在牆上的蜜蠟散發的淡淡香味而已。

只是，即使在現代魔術科，研究大樓與訓練室的環境也截然不同。至於第一科（密斯提爾）及個體基礎科（索羅涅亞）的大教室，聽說連空調都是以純粹的魔術供應，每個月的開銷比我們高出一個位數以上。

講究排場很花錢的，這是誰說過的話呢？

「…………」

無論如何，我喜歡那股竄入鼻腔的蜜香。常任講師之一每天早晨會挑選一款適合季節與天候的蜜蠟，據稱那有提升專注力的效果。我有一次去找他道謝，他卻毫不理睬地說「蜂蜜的功勞屬於蜜蜂與花，草藥的功勞屬於植物」，將我趕了回來。

（……換成現在的話，我還有辦法和他道謝嗎？）

當時我才剛來到倫敦，幾乎沒跟他人交談過。

所以，那股香氣安慰了孤伶伶的我，讓我非常開心。即使講師沒有這樣的意圖，既然被他的安排溫暖了心房，我想至少和他表達我的謝意，然而……

我沉浸於思緒之中，轉回目光。

今天剛好是返還報告的日子，課堂進行了一半後，正式生們逐一走上前接受老師的講評。

「與前期相比進步顯著，你就按照這種狀態再努力吧。」

「哼，繞了一大圈才找到方向啊。雖然統稱為卡巴拉，底下卻有多個魔術基盤存在。阿維斯布隆開發的魔術基盤適合這次的課題。今後在大源學方面，也要從一開始便留意這一點。」

「原來如此。這份報告足以取得學分，從下次開始更換課題吧。雖然難度有些高，但嘗試從礦石的角度切入如何？若有必要，我也能介紹你進礦石科（基修亞）的門路。雖然為此疏忽這邊的課業是本末倒置，但依照你目前的狀態，有充分的可能兼顧好兩者吧。」

說來也許意外，但從老師的每一句話都可以窺見對學生的關懷。

學生們或許也感受到了這點，即使遭到比較嚴厲的批評，也沒有一個人陷入沮喪。每個人都奮發圖強，抱持著往後的目標，這便是名聞遐邇的艾梅洛教室的基礎所在吧。

不過，當然並非所有交流都如此順利。

「費拉特！姑且不論報告的好壞，你又弄錯學分了！」

「所以說，史賓你也別為了跟他競爭企圖犯同樣的錯誤！被迫加出補考問題的人可是我！」

諸如此類的吶喊也在扇形教室內迴響。

每一次都有藉口、怒吼與魔術一起爆發。泰然自若地重返教室的伊薇特，以及十分認真學習的卡雷斯總會主動參戰，又或者遭到波及。

（……總覺得好緊張。）

我端坐在教室一角，按住胸膛。這次我也交了報告，因此對老師的話很敏感。

我明白，我不適合待在這裡。

我並非魔術師，只是老師的寄宿弟子。只是經過種種巧合交織後，碰巧獲准待在這個位置罷了。儘管十分清楚這一點，我身為教室一分子的事實，仍不可思議地觸動了我的心。

這讓我不禁產生了錯覺。

以為自己可以在這裡多待一陣子也無妨。

在我品味著這樣的感情時，教室中忽然響起熟悉的字眼。

「格蕾。」

「……是、是！」

我帶著緊張站起身。

當我走下階梯來到老師眼前，老師以手背拍了一下報告的封面。

「首先，報告的形式錯了。主題未經統一，太過雜亂，對作為前提的卡巴拉資料也不夠融會貫通。妳根本沒考慮過那些資料契合與否吧？由於採用了不同流派的資料，前段與後段的理論互相矛盾。在鐘塔，只須請圖書管理員做確認，就能過濾掉八成這類問題，今後要多加留意。」

「……對、對不起。」

我沮喪地垂下頭。

雖然我也覺得不太對勁，但我想都沒想過要去詢問圖書管理員。聽老師一提，我才覺得這明明是理所當然的行動，為何我卻沒有察覺？

「……只是——」

老師補充道。

「附記中對於死靈術相關的研究，有一些零散卻令人驚訝的論述。自肉體、精神、靈魂三因素分別探討死亡是基本的做法，但那如切身體驗般的描寫手法很有趣。經過充分的查閱之後，如果妳不反對，我可以引用在自己的論文中嗎？當然，論文會一併列上妳的名字。」

「當、當然可以！」

「多謝。在審閱與撰寫我的論文時，我會另行聯絡妳——那麼，下一位，伊薇特．L．雷曼。」

老師宛如什麼也沒發生過似的，接著呼喚魔眼少女之名。

我抱著飄飄然的心情目送眼罩少女在教室內強調「來了～我正是傳聞中的情婦候補～」，被好幾個人大聲喝倒采的景象，同時走回座位上。

接下來，老師陸續為學生們的報告評分。

他一如既往——或者說，比以往更精力充沛地努力講課，彷彿在說年底受的傷早已徹底痊癒了。事實上，他身體的創傷應該是確實癒合了。好歹也是君主（Lord）的一員，老師並不缺治療用的魔術。因上次的案件住院時，出院以後也有幾名弟子頻頻提議要替老師看診，以免留下後遺症。雖然老師拒絕了所有請求，但我記得當時，他拄著拐杖，神情流露出了一絲欣喜。

（……可是……）

在精神（心靈）上怎麼樣呢？

上次的案件過於深入地刺傷了老師的內在。和至今僅僅是被捲入他人案件中的情況截然不同，那樁案子的標的正是老師。正因為如此，我無法想像會發生怎樣的影響，度過了一段著急不已的時光。

此時……

「恭喜妳，小格蕾！」

金髮少年從後方座位猛然探出身子揮手。

「費拉特……」

露出一口白牙的少年，是剛才接受了報告講評的費拉特・厄斯克德司。即使在艾梅洛教室，也幾乎沒有像他一樣顯眼的人物。

「妳真厲害！很少聽說有教授將學生的報告引用到自己的論文中呢！」

「不、不，老師只是碰巧對我故鄉的知識感興趣而已。」

「那樣也很厲害啊！因為妳來到這裡才半年左右不是嗎？我第一次交報告給教授時，很想設法引起他的注意，心想半吊子的內容教授必然看過很多次了，比起品質更該以量取勝，於是下定決心，在鐘塔內東奔西跑，準備了一整箱蝙蝠的眼球和屎尿，不知為何卻狠狠地挨了一頓罵！」

少年充滿活力地將紙箱搬進教室的畫面彷彿歷歷在目。如果他得意洋洋地瞇著一邊眼睛擦擦人中，或許就更有費拉特的風格了。

「當時的惡臭薰得我鼻子都快歪了——啊，等等，你太狡猾了！應該也讓我和格蕾妹妹聊天你應該馬上給我閃開非閃不可！」

「啊，狗狗。」

「不准叫我狗狗（Le Chien）！」

同樣一頭金髮，但髮質偏捲的少年倏然跑到座位旁頂撞道。

史賓．格拉修葉特，與費拉特並稱為現役世代的雙璧。他充滿野性的形象據說很受女學生們歡迎。雖然我不太懂，但他們兩人的相貌確實都很端正。

不過，那也是在兩人沒發生衝突的時候。

「咦？因為狗狗就是狗狗嘛！啊，難不成你想聞聞小格蕾的汗味之類的？但教授交代你不許靠近她……好，那你可以聞我的味道喔！來，盡情地聞吧！」

「很好，我明白了。費拉特你果然是我的不共戴天之敵！」

魔力在少年手上形成宛如利爪的形狀。

費拉特以令人驚訝的速度逃到呼嘯而過的利爪軌跡之外。

「啊哈哈！因為先前被橙子小姐撂倒，所以我試著組成了自動行動系統，無視於我的意志，以強化的訣竅單獨用魔力驅動神經。從前玩過的遊戲中，有個機器人僅靠事先設置的程式就能驅動，讓我想到了這個點子——好痛！」

費拉特喋喋不休地一邊說話一邊閃避，但他的後腦杓重重地撞到了背後的椅子。

「啊，痛死了……環境設定的精密度還不足嗎？」

吃痛的費拉特抬起手指，發射咒彈。

咒彈在史賓肩膀附近迸開，在講堂裡製造出狀似美麗彩虹的圓環。

「哇，好厲害！狗狗，你的反魔力又提升了！」

「囉嗦。我要在這裡幹掉你！」

簡直像美國漫畫裡的超級英雄一樣，史賓的雙手生出魔力之爪——

「我徵求出面制止他們的人。」

嚴肅的聲音自講堂的講師席傳來。

「……制止他們的傢伙給予一學分，提供協助的人免交報告，或給予一小時的個人指導。這次我也同意旁聽生參加。」

隨著老師冷冷的說話聲，一陣熱烈的歡呼響起。卡雷斯的電魔術與伊薇特的魔眼、「變化」成火與冰的圓月輪或小刀包圍兩人，另外還有元素魔術及盧恩魔術、女巫巫術（Witchcraft），宛若肆虐暴風的魔術漩渦在轉眼間與兩人對抗起來。

費拉特和史賓雖是教室的雙璧，周遭眾人也絕非只是默默旁觀。熱情洋溢的魔術師們盯緊了目標，一有隙可趁就企圖奪取他們的位置，甚至連旁聽生也不例外。正因為如此，現場才會如此沸騰。

一如往常的，屬於艾梅洛教室的日常。

平常到甚至讓我感到呼吸困難。

「——怎麼了，格蕾？」

老師一邊對學生們發出指示，一邊來到我身旁。

他之所以沉下臉色，應該是因為在注意著避免損害了物品。雖然據說因為預想到了這種情況，所以教室建造得遠比其他教室更為堅固，但現代魔術科並未富有得能輕易補上損壞的物品……雖是這麼說，但這大概只是老師的性格所致。

「看妳從剛剛起就神情憂鬱。報告的話，剛開始時寫出的水準就是那樣，雖然不能給妳學分，但算得上及格了。」

「啊，不，不是這樣的……」

不行。

我實在無法從正面注視老師。方才講評時還能忍耐，但現在……

就在此時，宣布下課的鐘聲正好響起。

「不、不好意思。下次再談！先告退了！」

我低下頭，匆匆自教室離席。

＊

我走出教學樓，冷冷的風吹撫著臉頰。

或許令人意外，但倫敦的冬季不怎麼寒冷。雖然經常是陰天，日照時間又短，但受到西風與來自墨西哥灣的暖流影響，倫敦的最低氣溫很少降到冰點以下。即使如此，當風直接從斗篷底下吹進來，出乎意料的寒冷仍讓我吃了一驚。那股寒意宛如冬日妖精的掌心，促使我繃緊忍不住放鬆的心情。

我朝指尖呼氣，邁步往斯拉的市街走去。

就算刻意放慢腳步，頂多也只有十分鐘的路程。

那是一座位於不遠地區的別緻宅邸。

規模雖然不大，經過細心維護的庭院仍令人印象深刻。爬滿爬山虎的陳舊紅磚牆與鱗片狀的屋頂呈現出童話(Fairy Tale)風格。事實上，居住在裡面的人是魔術師，所以這麼說也沒有錯。

水銀女僕托利姆瑪鎢一如往常地領我進門，房間裡飄盪著紅茶濃郁的茶香。我曾事先告知過來訪的時刻，該不會因此讓她們費心了吧？

自辦公桌後——

「嗨，歡迎妳來。可以稍等片刻嗎？」

身為主人的少女向我開口。

因為在家中沒有必要隱藏，她的眼眸閃爍著原本的焰色光芒。她看來正在辦公，流暢地在文件上簽名，桌上的紙堆不到幾分鐘便轉眼間逐漸消失。她偶爾以眼神示意，托利姆瑪鎢就會針對那個部分詳細說明，我就像在欣賞一場默契十足的雜技表演。

「哎呀，回來後我忙碌得很呢。我很想盡可能將這類公務推給兄長，不過他處理不好派閥相關的瑣碎人情債。到頭來，這種事最好平常就要處理。」

萊涅絲暫時停下作業，一邊揉太陽穴一邊開口。

「妳去了艾寧姆斯菲亞吧？」

「嗯，那裡相當寒冷。」

少女聳聳肩。

聽說為了替魔眼蒐集列車（Rail Zeppelin）一案善後，她與那位奧嘉瑪麗．艾寧姆斯菲亞締結合作關係，多次拜訪天體科（艾寧姆斯菲亞）的都市，到那裡協商。

雖然奧嘉瑪麗之父——天體科的君主馬里斯比利與中央的權謀術數保持著距離，但奧嘉瑪麗好像由於上次的事對中央產生了興趣。據說她打算出售難以處理的核能發電所（！），再用上沒在那場魔眼拍賣會上花費掉的資金，提出了新的計畫。

我隱約能想像出那名好強卻纖細的少女得意洋洋的側臉，感到很開心。

「那麼，我們來喝茶吧。今天來挑戰一下新的蛋糕店。」

萊涅絲離開辦公桌，眨眨單邊眼睛。

我也接受她的邀請，享用起托利姆瑪鎢端來的那些如繁星般閃耀的甜點。

「……啊，這種戚風蛋糕好厲害，明明甜到極致卻不嫌膩。」

「嗯，這邊的法式派也很好吃。加入開心果的麵團搭配微酸的杏子，真是眼光獨到，值得我一大早派人去買。從下次開始，將這家店加入定期巡迴路線中吧。」

有時如同寶石，有時如同繪畫，每一種甜點都十分美妙。

我來到倫敦後才得知，甜食有療癒人心的作用。一定有的。甜蜜的滋味讓我產生打從心靈開始融化的心情，一般的魔術根本無法相比。然而，唯獨這一次，我不能沉醉在這份美味當中。

萊涅絲或許也預料到了接下來的發展，表情流露出一絲苦澀。

在我們享用紅茶與甜點，交談了一會兒之後——

「……事情果然變成那樣了嗎？」

她語帶嘆息地說。

這是針對老師的言語及最近的行動所做出的反應。雖然我已在年底通知過她大致的情況，但這是我第一次將詳細經過親口告訴她。

——同時。

在兩人單獨談論事情的過程中，我也再度回憶起案件的結局，感覺胸口彷彿開了個大洞。我想起方才在講堂中無法正視老師臉龐的原因。

那樁案件的結局。

也就是——老師婉拒參加第五次聖杯戰爭。

「我的兄長可真是愚笨。」

萊涅絲交疊十指，倚靠著沙發。

她似乎正在逐一重新確認、細查情報，將情報像堆積木般組建起來。不久之後，也許是結論在腦海中成形了，少女憂鬱地開口。

「原來如此。對另一位王者——偽裝者報了一箭之仇，他應該很高興吧，難怪妳會因為他太過喜悅而無法插手阻止。那多半是兄長近十年以來第一次能好好地領會自身成就的事情吧。從第四次聖杯戰爭延續至今的遺憾做了一個了斷，他當然會感到神清氣爽。

但是，這並未直接連結到他婉拒參加第五次聖杯戰爭的理由。真是的，兄長在緊要關頭總是只會忍耐。哎呀，我那樣調教他或許也帶來了一部分影響就是了。」

她從鼻子裡哼了一聲。

啊，萊涅絲想說的事十分簡單明瞭。

那就是老師放棄第五次聖杯戰爭的理由。最核心的關鍵所在。

「因為他無法對另一位王者置之不理吧？」

少女一派理所當然地陳述己見。她說話的模樣有些像老師，即使沒有血緣關係，兄妹或許都會有些相似吧。

另一位王者。

在先前的案件——魔眼蒐集列車中遇見的使役者。

與老師和我為敵的使役者。新的特殊職階——偽裝者。自稱為哈特雷斯博士的現代魔術科前任學部長的部下。

當我回想起到目前為止的來龍去脈時，眼前的少女繼續道。

「不惜參加聖杯戰爭也想與王者相見，想證明王者的器量能夠獲勝，遜色的人只有自己，這大概是兄長的私心吧。相對的，既然另一位王者（偽裝者）正作為使役者效命於他人，看清此事便是身為王者部下的義務。他必須收起所有私心，務必要查明其主人的目的與去向。更何況偽裝者是用他被奪走的觸媒召喚出來的……若是兄長，當然會這樣想。

更進一步來說，身為現代魔術科的君主，當從前的學部長正做出失控的舉動，他也有必要迅速做出應對。雖然以首重自我的魔術師而言只能稱之為愚昧，但這便是兄長規範自身的倫理。無論怎麼做，依他的性格，他都不會選錯想走的路與該走的路。」

萊涅絲無言地嘆息。

光是如此，我就感到痛苦，彷彿胸口塞滿了堅硬的石塊。我不禁回想起曾那樣殷切盼望與王者相見的老師，神清氣爽地笑著說「已經夠了」的面容。

明明不可能夠了。

明明連他自己也說過，心中還有留戀。

後來，亞托拉姆．葛列斯塔曾造訪過斯拉一次。

對於婉拒參加第五次聖杯戰爭的老師，他在憤慨地拋下一句「對，我當然不會和你們艾梅洛一樣重蹈覆轍。你就羨慕地乾等著我成為勝者歸來吧」之後離去。

那句話表面上傳達了失望，實則流露出遺憾之意，會出自那名傲慢的青年之口真令人意外。他大概是想再一次與老師展開作為魔術師的競爭吧。雖然他所想的戰爭，與有使役者同行的聖杯戰爭或許有所差異……搞不好那會是致命的差異，不過，我總有一種他代替我對老師發了火的感覺。

或者，那個稱呼老師韋佛的自稱摯友——梅爾文．韋恩斯也許會有不一樣的回答。

可能是看穿了我的心境，萊涅絲如此往下說。

「據說亞托拉姆已經啟程前往日本。他好像從以前就會派遣部下到冬木市預先做各種準備。」

「冬木市……」

那座都市的名稱我也有印象。

「是舉行聖杯戰爭之地……對嗎？」

「沒錯。七騎齊聚的報告尚未傳來，但應該已召喚出數騎，在檯面下展開前哨戰了。從那個石油王執拗地說他不會像上一代艾梅洛閣下一樣重蹈覆轍這點來看，應該是打算積極地參與這類前哨戰吧。兄長好像也給當時曾照顧他的夫妻寄去了旅遊券，好讓他們離開城市一陣子。」

「…………」

新的聖杯戰爭終於要開始了。

劍兵。

槍兵。

弓兵。

騎兵。

術士。

刺客。

狂戰士。

彼此相較毫不遜色的七騎英靈展開劇烈衝突的現代神話。老師年輕時參加過並勉強生還的大儀式，這次將採取怎樣的型態呢？

還有，老師是以什麼心情看待它的開幕呢？

「另外……」

「另外？」

當我反問，萊涅絲微微皺起眉頭。

「不不不，儘管沒什麼理由，我總覺得兄長的行動已經超出我們設想的範圍了。就像光看字面上的意思明明極為合理，連結起來卻會得到顯然不可能的結論一樣。」

「……嗯。」

我的回應變得含糊不清。

然而，我大致能明白。老師的確有那樣的一面，在發現案件的線索時與解析魔術的瞬間，他會突然沉浸於只屬於他一個人的世界中。偵探小說中的名偵探們大概也會做出類似的行動——但老師總特別深切，有種鑽牛角尖的感覺。

好像不這麼做就活不下去。

那並非什麼偵探的習慣，而我不時能從老師身上感受到宛如緊繃琴弦般的脆弱，以及與之相反的奇特力量。

既然如此，我心想。

「那哈特雷斯怎麼樣？」

「哈特雷斯博士嗎？」

當我提起那個名字，萊涅絲皺起眉頭。

上次案件的幕後黑手。召喚了新使役者——偽裝者的主人。正因為他在不可能發生聖杯戰爭的不列顛引發了那種惡質的奇蹟，老師才被迫留在這片土地上。

那麼，在這名少女眼中，那個哈特雷斯是怎麼樣的超乎常軌？

萊涅絲拿起眼前的馬卡龍，啜飲了一口紅茶。她隨著淡淡的甜香再度開口。

「追根究柢來說，那個叫哈特雷斯的，從以前的案件開始便明顯與兄長有著密切的關係。」

「從以前的案件開始嗎？」

「就是伊澤盧瑪一案。在他們買下作為冠位魔術師蒼崎橙子的報酬的聖遺物——菩提樹葉的地下拍賣會上，曾經有人提供了巨額款項吧？」

我想起來了。

為了僱用冠位魔術師，伊澤盧瑪準備了祕藏的咒體。據說有人在魔術師專用的地下拍賣會上投注了高額，但結果並未查出那筆錢的來源。

「那多半是哈特雷斯做的吧。」

「…………！」

我口中的巧克力瞬間變得像鹽塊一樣。

萊涅絲的發言劇烈地貫穿我的心臟。

「是否只有伊澤盧瑪這樁事也很可疑。妳記得那個法政科的魔術師——化野菱理嗎？」

「……啊，記得。」

「菱理說過，她是以他義妹的身分，為了個人的私事才在調查他的行蹤吧？那麼，哈特雷斯博士多半已曾多次引發類似的案子。事實上，七年前發生的魔眼持有者連環凶殺案，凶手也是哈特雷斯。」

少女緩緩地說。

她的洞察力與其兄長似同實異。

相對於老師始終是作為魔術師，來分析魔術師的動機與存在方式，她會列出事實，嘗試透過對象採取的行動掌握對方的本質。真要說起來，那是作為政治家的推理能力。用來適切地掌握對方是敵是友的能力。

這一定是她為了生存，所培養出的「力量」。

「哈特雷斯絕非案件的幕後黑手。」

萊涅絲否定道。

「剛才提到的伊澤盧瑪一事，他並未涉及犯行本身。七年前的案子追溯起來，也是起因於馬里斯比利・艾寧姆斯菲亞想要調查冬木的聖杯戰爭。這說來純粹是背景資訊。無論有沒有他在，出現某些代替人物(Alternative)，發生類似案件的可能性應該極高。

然而，要將他剔除在外，他又與案件太過密切相關……哼，所以他才誇大其詞地稱呼兄長為敵人。」

「理由是什麼？」

「因為他們很相似，又或他們正好相反。」

這句話形似利刃。

萊涅絲條然豎起食指繼續道。

「不將魔術視為單純的奧祕，不讓魔術與自己的人生化為一體，不把魔術當成最終目的。不過，這些特質對兄長而言，應該是令他焦躁的來源。這些都不是他不去做，而僅僅是他做不到的事。因為兄長雖然愛著魔術，魔術卻不愛他。」

這想必是隨處可見之事吧。

懷抱不惜耗費一生也想達成的目標，卻天生缺乏才能。老師與周遭眾人的些微差異在於——即使如此，他也不放棄，持續掙扎下去，得到了稍有不同的結果。至於那個結果能否填滿他的渴望則另當別論。

「然而，那個人不一樣。正好相反。他並非做不到，而是不去做。魔術深愛他到讓他得以成為現代魔術科的前任學部長的地步，但他並不愛魔術。否則，他不會坐視世界喪失那麼多優秀的魔術師吧？啊，當然，法政科也有類似的想法。」

萊涅絲的話語不斷淡淡地堆砌起來。

這令我聯想到不斷裝水的杯子。滿至杯緣的水，再多寥寥幾滴便可能潰堤。水是藥呢？還是毒呢？

「好了，如果兄長是解體者……那個人該稱作什麼？」

老師與哈特雷斯。

他們同樣就任現代魔術科的學部長，這單純只是巧合嗎？

不好的預感如荊棘般勒住咽喉。這或許只是妄想，但我無法揮開。魔術師不可忽視直覺，老師的話在我的腦海中迴響。

好一陣子，沉默封鎖了房間。

直到馥郁的芳香竄入鼻腔。

托利姆瑪鎢換了一壺茶，為我們重新倒了杯紅茶。

「唔，姑且是這樣吧。」

少女啜飲紅茶，再度倚靠著沙發。

不知是關心我的身體狀態，還是萊涅絲一開始便指示過，這次的茶是花草茶。我不知道這茶葉的品牌，但那清爽的風味使得被陰鬱封閉的心靈放鬆了下來。

萊涅絲嚷著「啊～好累～」揉揉肩膀，露出惡作劇般的神情呢喃。

「無論如何，我們要做的事都決定了吧？」

她挑起形狀優美的一邊眉毛。

「即使愚笨，兄長就是兄長。如果他不再多發揮一陣子作用，我可是會缺少欺負對象的。我會支援他，徹底地賣一堆人情給他。總之，妳也是抱著這個打算過來的吧？」

「是的……啊，欺負這一點不是。」

我慌忙揮揮手，萊涅絲低聲笑了起來。

那股笑聲讓我感到輕鬆了些。當朋友朝自己露出笑容時，心情就會放鬆下來，我似乎是第一次知道了這點。

我深呼吸。

點點頭，按住胸口

「老師說過，希望我幫助他。既然如此，全力以赴就是身為弟子的義務。為了發揮全力，我必須再次面對那件事。所以，我才過來找萊涅絲小姐打聽。」

沒錯。我必須面對。

面對至今為止一直逃避之事。面對因為倫敦很舒適，所以我一直別開目光不視之事。

就我而言，沒錯。

「在重返那個故鄉前，請告訴我我與老師相遇時的故事。」

「很好。」

萊涅絲點點頭。

然後，她感慨地低語。

「我有猜到妳總有一天會這麼開口。雖然這與其說是預測，更接近願望。」

她的口吻顯得有些為難，若非我的錯覺，那語調是沒來由的深情。

「那麼，暫且由我——萊涅絲．艾梅洛．亞奇索特之口來訴說妳和兄長相遇前的故事吧。」

✦第一章✦

1

——那是在季節終要步入盛夏之際。

說歸這麼說，倫敦的夏季基本上很涼爽。

畢竟連最高溫都未必會達到二十五度，平均氣溫頂多為十五度左右，晚上還需要做好防寒。在心中竊笑那些粗心地穿得單薄的觀光客們因為罹患感冒而糟蹋了難得的旅行，是我在這個季節的樂趣。

（唉，氣候好像有逐年暖化的傾向，這個樂趣看來也有告終的一天。）

氣候暖化的原因就交給研究機構探討，不過科學終於也來到這個境界了啊，我不禁這麼想。

哪怕沒有魔術和奇蹟，只要尋常的富豪動用全力大量砍伐亞馬遜一帶的熱帶雨林，轉眼間就會造成世界危機。連原子彈都不需要，就能輕鬆地大家一起自殺。順便一提，事情沒演變到那一步的原因，在魔術的世界被稱作抑止力，但那離題太遠，所以略過不談。

回到正題。

倫敦的夏季之所以成了話題，是因為我有事情要離開那裡。

「不好意思，女士，我打算前往威爾斯旅行約一週，處理私事。這段期間，業務可以託付給妳嗎？」

因為兄長這麼提議。

（我的兄長！要去旅行！處理私事！）

我忍不住在心中雀躍不已，還望原諒。

畢竟被封印在君主的位置上以後，他一直遠超我想像地認真盡責。他似乎一直在忍受胃痛。坦白說，有幾次我曾預料他會逃跑，為了預防這種情況，我明明還準備了追蹤用的魔術與懲罰室，沒想到卻完全白費工夫。老實說，我感到很羞愧。

正因為如此，我也不由得認真起來。

我提前完成無論如何都得做完的事前準備與業務，將剩下的雜務推給平常就受到他關照的二級講師夏爾單老先生，開出我要和兄長同行的條件。

啊，為了慎重起見補充一下，我不認為他事到如今還會逃跑，只是純粹想掌握他的弱點而已。自從近十年前在遠東的那一戰以來，除了作為興趣的電玩遊戲和偶爾收到的信件，這個人幾乎不透露從前的私生活，相當難以應付。既然是中意的寵物，那脖子上的項圈當然是越多越好，我的直覺這麼訴說著。若能順便欺負他就更好了。

所以，這便是我跟著他前往威爾斯偏遠鄉下的原因。

我一手提著行李箱，首先在清晨的柏靈頓車站搭上柴油火車。

我享受著獨特的晃動感，獨占準備好的甜點，約兩小時後，抵達了威爾斯的首都卡地夫。眺望著路上同時標示英語和威爾斯語的招牌，在巴士上晃了五個小時左右後，我徒步登上山路。

那是條相當崎嶇的獸徑，反覆出現彷彿是為了有效率地毀掉人類的雙腳才製造出的凹凸和斜坡。我真想拍拍開拓這條小路的人的肩膀，對他說「你這個人的嗜好還真是特殊」。

尖銳的鳥啼不時傳來。

泥土、糞尿與腐敗果實的氣味摻雜在一塊，構成山岳獨特的黏稠空氣。

面對四周清一色皆鬱鬱蒼蒼的茂密枝葉，不管經過多久都不會變的景色，一般人的情緒應該已經因此崩潰了吧。與其說山是異界，那感覺更像是每走一步就會更接近古代冥府，又或者是逐漸被吞進巨人胃中的錯亂感覺一直橫亙在我心底。

順便一提，先吐了苦水的是兄長。

在我領先一大段路的昏暗坡道途中……

「……妳、可以、等一下嗎？」

他以沙啞的聲音叫住我。

「不不不～你該不會因為這種程度就要喊累吧，我的兄長？只需稍稍持續運轉魔力而已喔？在大源（Mana）如此充沛的土地上不是易如反掌嗎？」

「請別愉快地攻擊別人的羞恥之處。」

氣喘吁吁的兄長低著頭抗議。

那個樣子看得我不禁露出微笑。

這位兄長看似認命，每次依舊會切實地感到不甘心。

唉，他應該尚未對自己的未來絕望吧。明明早已斷念，理解自己缺乏才能，對於這個結果卻並未喪失挑戰者的氣概，極度矛盾，不合理。但正因如此，兄長才有玩弄的價值——不對，是他從不會讓我覺得無聊。我真想稱讚稱讚慧眼獨到地發掘了他的年幼的我。

「話說，女士，妳的魔力控制也還不穩定。持續這麼長的時間，白費掉的魔力可不容輕視，妳應該更精確地想像薦骨到第五截頸椎的路徑。」

看吧，馬上就是這種反應。他自己明明搞得一蹋糊塗，對於他人的理想完成形態卻有明確的印象，真是扭曲到了極點。這算什麼？用來取悅我的專用玩具？

「喂喂，如果控制能力變得更好，我不就會拋下兄長你了嗎？」

「即使妳拋下我，我也會立刻追上。」

追上指的是距離，還是魔術？

無論如何，兄長的逞強再度令我笑了出來，忍不住停下腳步。

「答得好。」

我收起笑容，姑且去意識他所說的路徑，促使魔力循環。

原來如此，看來效率不錯。老實說，在缺乏體力方面，我也與他相差無幾。為了減輕疲勞，我運作魔力，催促血液循環及自律神經運作，盡可能以最快的速度回復體力。

我用水壺裡摻水的葡萄酒沾溼嘴唇，仰望山頂的方向。

「那麼，快到了嗎？」

「……從地圖看來，是這樣沒錯。」

兄長靠著附近的樹木，一邊擦汗一邊點頭。

他小心翼翼地從雪茄盒裡取出了雪茄叼在口中。抽雪茄應該格外地消耗體力吧？但我不討厭那股菸味，也能順道驅逐動物。

似有若無的菸味緩緩地在山路上瀰漫開來。

我隨著那道輕煙望向山頂，想起了某一堂課。

「對了，兄長在課堂上也提到過，在嚴峻的高山上建造建築物是當時的流行之一吧？」

「對。在某種宗教中，在險峻的山岳興建寺院本身即為信仰的證明。對於信徒而言，那也能給予他們跨越艱難苦行的成就感與團結感。不過，這種趨勢經過時代演變，隨著宗教權力化、世俗化而漸漸減少，因為住在那種偏僻的地方無法參與逐漸集權化的政治。」

宗教的變化。

縱使信仰的事物不變，信仰的方式依舊會隨著時代逐漸改變。

網路的普及化更是進一步加速了這種變化吧。很快的，人們就算朝電腦裡的聖堂做禮拜也會變得不足為奇。不，到時候或許電腦也變得過時了。

連不斷朝過去奔跑的魔術，都被迫接納了現代的要素。

對了，艾梅洛會承接現代魔術科，是因為上一代當家驟逝，但最近我越發覺得這是某種必然了。長期作為主要學科卻被置之不理的現代魔術科迎來了君主，這應該是時代的走向。

老實說，這很有趣。

從根本上來說，我天性適合亂世。如果艾梅洛依然留任礦石科，我應該也不會獲選為繼承人。由於魔術刻印的緣故，基本上在一個家族中，只會有一名魔術師有著意義。我原本應該會作為不受重視的分家的備用品，淡淡地消耗完生命。

從這層意義來看，我對於奪走考古學科及礦石科兩個位子的梅爾阿斯提亞倒也不是沒有一點謝意，不過那是若有機會就要親切體貼地打倒他們的那種感謝。

「唔，信仰嗎？話說回來，雖然事到如今才問很不好意思，但此處究竟是哪裡？」

「……的墓地。」

那沙啞的聲音令我不禁眨眼。

「嗯。那連我也聽說過。雖然在表面社會寂寂無名，在這邊的世界卻是最知名的墓園之一。儘管經常聽說那個名號，卻無法確定所在位置……這樣嗎，在威爾斯嗎？這可是盲點。」

我抵著嘴唇呢喃，兄長輕輕地嘆息。

他彷彿在攪拌著雪茄煙一般揮動手指，那舉動就像他為了動腦所做的熱身操。

然後——

「在抵達目的地前，我講一段課吧。」

兄長說道。

「人自古以來便恐懼死亡。雖然以前的時代遠比現在更容易輕易喪命，但人不可能因此就輕易地甘願接受自己的死。因為無論現在或過去，自己的命都只有一條。」

「嗯，是這樣沒錯。」

「正因為如此，古代人為了克服那種恐懼，對死的那一頭做出了定義。他們將另一頭的世界與現世劃分出界線，並將其命名為陰府或黃泉等等。這麼做使得死不再是終焉，不再是朝向無的擴散，轉變成了開始。這個階段的死，正是結束現世生涯的自己終於被接過去，前往先行過去等待的祖先們身邊的機制。」

他似乎好多了。

我很佩服他這種明明呼吸還沒完全恢復平穩，談起這種話題卻有煞不住車的勢頭的堅強意志。除了魔術以外，頂多只有遊戲能讓兄長幾乎無視生理機能冒出這一大篇話。但姑且不論魔術，他在鐘塔好像幾乎找不到遊戲戰友。

「在神話時代，黃泉國度曾是遠比現在更接近的存在，而死亡也類似於此。那是前往近在身旁的異世界的旅程。即使是單行道，也依舊與另一個世界相連，古人對此深信不疑。對於另一頭世界的稱呼，是取自古代美索不達米亞的基伽勒（大地），還是取自北歐神話的瓦爾哈拉（喜悅之家），主旨的變化相當大。」

我記得瓦爾哈拉是北歐神話中的主神奧丁的宮殿？

據說那個只有獲選的陣亡戰士會被女武神領去的地方，有數百扇門扉敞開，天天舉辦豪華的饗宴。他們在太陽升起時交戰，再度死亡者將於黃昏復甦。他們期待著新的戰鬥，大啖肉類，對飲美酒。

因此，據說人們在現世也不怕死，反倒會為了被接引至瓦爾哈拉，興高采烈地投入光榮的戰役。儘管我難以理解，但這樣的想法與先前的定義是成套的吧。

對於死的古老價值觀。

抑或是人類共享的最古老的魔術之一。

「原來如此，死是前往異世界的旅程嗎？相當浪漫的說法呢。」

「說不定反倒貼近現實。在北歐有許多座山的名稱發音與瓦爾哈拉相近，他們大概曾認為那裡是死之國吧。至少藉由這麼定義，人類即使不能克服死亡，也減緩了對死的恐懼。那是個海外地區還十分遙遠的時代，死之國遠比啟程前往海的另一頭在距離上更接近，也更親切。」

說到此處，他停頓了一下。

兄長手指夾著細長的雪茄，以水壺沾溼嘴唇。他用手背擦拭水漬，再度緩緩開口。

「墳墓就是將這樣的世界化為實體之物，也可以說是被劃分為最小尺寸的死後世界。」

……啊。

我總算開始理解了。

所謂墳墓，並非僅是埋葬亡骸的地方，而是比至今談論的死後世界更進一步的概念。人所製作的最小死後世界。

那正是墳墓。

「正因為如此，各地的國王才會修築巨大的陵墓。墳墓正是死後世界本身，是新宮殿，也是進一步發動征服所需的要塞。會封入昂貴無比的陪葬品或配屬無數具兵俑，都是因為他們認知那裡是死後的世界。法老也好，國王也好，皇帝也好，他們並不認為死是結束。對了，在亞洲會注意風水，更進一步強化了死後的世界。另外，還可劃分成隔離這些墳墓，與生者世界分開的大陸區域，以及藉由將這些墳墓融入生活，試圖汲取死亡能量的遠東區域。後者還包含了法國的地下墓穴等等。」

兄長微妙地離了題，同時帶著狂熱的話語，飄盪在威爾斯的天空中。

「不過，這些是古代造墓人的認知。如同方才所言，信仰也會變化。墳墓在古老的時代，就等於死後世界本身，但在後世的人眼中，將墳墓視為窗戶的人應該比較多。就連沒什麼信仰的人，也無意識地將墳墓視作了能夠接觸死者的窗戶。」

在墓前祈禱的行為的確是這樣子吧。

願死者的靈魂安息（R・I・P），我們祈禱。即使那幾乎像個口頭禪，我們仍盼望事情誠如所願。因為不管相不相信有死後的世界，墳墓在我們的認知中就是這樣的事物。

「無論如何，死後的世界與墓地可說是成套的概念。無論在古代或現代，我等都在從那裡窺看另一個世界。」

「另一個世界嗎？」

我重複了一遍。

這代表著，那便是這次的目的地。

「……那麼，你是要說我們將前往死後的世界嗎？」

「說不定。特別是在古老的墓地，比起生，死才是正統的主人。我等始終是客人，只不過是獲准短暫待在那個境界罷了。我們應該需要那種程度的覺悟吧，更何況是在那個名聲響亮的墓地。」

「……原來如此。」

就如老樣子，他繞了一大圈後回到原本的話題上。

不過，我能理解講了課的意義。若不先確認墳墓這種存在的魔術歷史，往後所見之物的意義會有很大的改變吧。不管是多優美的詩文，如果對書寫的語言缺乏知識，就只是張破紙。

我微微頷首，順便發問。

「那麼，這趟旅程的目的是田野調查之類的嗎？我的兄長好像不時會調查與現代魔術科不太有關連的事情呢。」

「坦白說吧。」

兄長開口。

「因為那裡或許有使我獲勝的手段。」

「——獲勝？」

我之所以用疑問句說話，是因為認為姑且假裝不懂才符合禮貌。事實上，兄長的目的太過明顯了，所以我才想趁現在掌握他的更多弱點。

我聳聳肩，以刻意的傻眼語氣繼續道。

「這樣嗎？你沒有放棄啊。」

至於是放棄什麼，那還用說。

第五次聖杯戰爭。那個導致上一代艾梅洛閣下慘死，這位義兄生還的魔術儀式將再度展開。據說聖杯戰爭原本以六十年為一個週期舉辦，但在上一次，途中似乎發生了某些異狀，才會僅僅相隔十年就重新上演聖杯戰爭。

可是到死後的世界尋求勝利手段，不會有些危險又暗示過頭了嗎？

「你要去也可以，但你沒忘記對我的承諾吧？」

「當然沒忘。解決艾梅洛的債務、盡快修復魔術刻印、穩定君主之位直到妳成年為止、為妳找家庭教師，是這四件事沒錯吧？」

他停頓一會兒，然後有力地說。

「我會想辦法，至少會找出每一件事解決的著落。那麼一來，我就能去參加了。」

哎呀，我忍不住眨眨眼。明明到現在還氣喘吁吁，聲音聽起來隨時會倒下，那張側臉卻和平常截然不同，甚至帶著一股野性，我說不定覺得他有點耀眼呢。

（……唉，但我會傷腦筋也是基於同一個理由。）

我輕聲嘆息。

總而言之，我阻止不了兄長。與其說這是因為我還不成熟，他的衝動多半連他本人都沒辦法控制。他早在許久以前就決定了這種生存之道，那股衝勁甚至吞噬著他作為人類的生存方式，同時為了實現心願向前邁進。

我有時會浮現這樣的印象——

以遠方為目標的候鳥，幾乎無休無止地不斷振翅飛翔的影像。特別是在渡海的時候，只要沒遇見島嶼或漂流木，牠們甚至會灌注維持最低限度生命所需的能量，不斷振翅，穿越大雨與暴風，連同胞終於墜落時也不回頭。當付出那麼大的犧牲抵達盡頭時，牠們得到回報了嗎？

（啊～不，我過於感傷了嗎？）

我暫時打斷聯想。

唉，玩具走掉了也很無聊，兄長又比想像中更派得上用場，其實我還想將他的項圈再綁得緊一點。話雖如此，綁得太緊以致不慎被梅爾文之類的人插手也很麻煩。必須讓他保持苟延殘喘還頗為困難的。

在我邊想著這些事，再度開始登上山路不久之後。

有東西在樹木間動了動。

「————！」

我望向聲響傳來之處，來自樹木間的振翅聲啪沙啪沙地迴盪著。

將近十隻黑鳥同時起飛。

「是烏鴉嗎？」

仰望上方的兄長喃喃地說，目光從空中回到樹木間。

「那邊」的情況我也察覺了。

「烏鴉運送靈魂。」

低沉的嗓音傳來。

方才飛出烏鴉群之處，分離出漆黑的影子。

那是一名黑衣男子，年約六十歲左右。儘管上了年紀，也看得出他外套下的體格壯碩，未修剪的蓬亂頭髮上戴著一頂老式旅行帽。

「在不列顛這裡也是如此。在大陸的凱爾特神話中，烏鴉也經常登場。牠們是死者的嚮導、守墓人之鳥，因此牠們啼叫著永不復返（Nevermore）。」

一隻烏鴉降落在男子肩頭。

兄長開口。

「你提到了守墓人，難道你是……」

「鐘塔的魔術師找我有事？」

哎呀，我心想。

他居然一眼看穿我們是魔術師——還是來自鐘塔。還是他從滿久之前就開始偷聽我們的談話內容了？

兄長挺直背脊，深深地鞠躬。

「我名叫艾梅洛閣下II世。」

「接連有客人來訪很少見，更何況是來拜訪我的。」

男子告訴我們。

他掉頭背對我們，如此繼續道。

「我是守墓人貝爾薩克・布拉克摩爾。有事要說就跟我來。」

兄長連忙追上他以驚人速度朝森林中央遠去的背影。

我一度回頭，向已經看不見的烏鴉所在的方向瞇起眼睛。

聽到烏鴉運送靈魂這個古老的傳說，我想起某個名字。

「布拉克摩爾的、墓地……」

在魔術師們的耳語中不斷流傳的，這片土地上最古老的墓地之一。

2

貝爾薩克帶領我們前往之處，有一座緊靠著險峻岩山的小村莊。

人口頂多一百多人吧。那是隨時消失都不足為奇，然而卻彷彿在打盹中度過了悠久時光的村落。大多數建築物都為磚造，感覺歷經百年以上。來來往往的村民雖然姑且都穿著現代服裝，但他們就算全體換上中世紀或近代服裝，大概也不會顯得奇怪。

（……總之，是在威爾斯鄉下很有可能出現的場面。）

考慮到地點是在如此險峻的深山，用卡車之類的交通工具運輸應該有困難，看起來格外過時也無可奈何。兄長作為魔術師無疑是孱弱不堪，但依然比一般的城市居民好一些。

但是，我膚淺的計算在短短幾分鐘後就被人打碎了。

「哎呀，貝爾薩克先生。那邊的兩位是怎麼了？」

一名穿著祭司服的胖嘟嘟中年人叫住我們。

比起胖嘟嘟，形容他體型渾圓應該更為正確。極度膨脹的身軀就彷彿人類大小的脂肪球，那副樣子讓我感動於他居然能把這樣的重物搬運到山村來。具體而言，他若在斜坡上摔跤就會滾個不停，倒不如說，我希望能絆倒他。

祭司背後還站著一名很年輕的修女。

她年約二十歲左右，落在頭巾外的金髮與茶褐色的眼眸，配上淡淡的雀斑頗為迷人。沒想到會有那麼年輕的修女在這裡，但我的思緒正受到來自其他方向的刺激。

（哎呀，教堂。）

我忍不住條件反射地暗中進入警戒狀態。真可悲，這是鐘塔魔術師遇見聖職者時的天性。

「費南德祭司。」

貝爾薩克呼喚男子的名字。

「他們好像是來找我的客人，可以讓他們通過嗎？」

「哎呀，請便請便。教堂的大門隨時敞開。」

脖子粗短的費南德祭司動了動那超越雙下巴的三層下巴，目光轉向我們。他絲毫不掩蓋覺得我們可疑的情緒，倦怠的眼眸越瞇越細，然後緩緩地屈身。

「唔，初次見面，我名叫費南德・庫羅茲。方便請教兩位的大名嗎？」

「我名叫艾梅洛閣下II世。」

「萊涅絲・艾梅洛・亞奇索特。」

我和兄長一起誠實地說出本名。

我觀察祭司的反應，但他的表情並未浮現特別的情緒變化。若是這邊世界的居民，應該不會……對艾梅洛這個姓氏一無所知。他若非有張撲克臉，就是單純的外行人。

「喔喔，兩位是兄妹……嗎？」

「嗯！我們感情好到無論去哪裡都分不開！對吧，我的兄長？」

我炫耀地緊摟住他的手臂，感受到他十分不情願地扭動著。喂喂，我的兄長，在這種場面應該強調我們感情好，誘使對方大意啊。B級間諜片大都有這種橋段吧？

我以只有兄長聽得見的音量小聲咂舌，盡可能露出符合年齡的活潑笑容拋出話頭。

「對了，那邊的修女是？」

「我是修女伊露米亞喲。」

年輕的修女以輕浮的口吻說道。

她似乎不好親近。照這個樣子，儘管那名祭司腦滿腸肥，但應該能向他問出些收穫吧。儘管他腦滿腸肥。

「那麼，今天還有信徒希望我登門拜訪，請容我先行離開。非常抱歉，可以拜託貝爾薩克先生帶他們前往教堂嗎？」

「當然了，我正有此意。」

「很抱歉，這裡只是個普通的小村莊，還請慢慢休息。」

費南德祭司點頭打過招呼後，漸漸走遠。

幾秒之後，剛才的伊露米亞修女將嘴唇湊到我的臉頰旁。正當我不禁期待她是不是有那種興趣時——

「最好不要久留。」

她這麼耳語。

然後她連看也不看我們一眼，快步追上祭司。

（哎呀。）

總覺得亢奮起來了不是嗎？

我最喜歡不受歡迎的感覺了，在充斥著敵意和惡意時更讓人鬥志昂揚。不過，祭司和修女兩人態度的差異讓我格外在意。

無論如何，我們直接被帶往位於村莊北端的教堂。

那是一座鱗片狀的牆壁上生長著爬山虎的樸素教堂。

教堂的門扉打開，裡頭的空間意外的寬敞。

聖堂的天花板也很高，打掃得十分整潔，氣息沉靜。

儘管絕對稱不上豪華，長椅或金屬燭台卻都一塵不染，可以看出這個村莊的信仰之虔誠。週日的彌撒想必會有許多村民齊聚一堂吧。在鴉雀無聲的空間裡，人人抱著感激之心聆聽那個胖祭司講道，或許就是某種宗教原本會有的景象。

但是，最吸引目光之物位於聖堂後方。

「……黑面瑪利亞。」

軍。

兄長呢喃。

正是如此，那尊聖母像塗得漆黑。雖然抱著身為救世主的嬰兒，她的姿態與常見的聖母像卻不同。個子很高，體格威風凜凜，雙眸炯炯有神地俯瞰我們，比起慈母更近似女將軍。

「那個是怎麼回事，兄長？」

「……黑面聖母像，罕見地散布於歐洲等地。」

也許是顧及貝爾薩克，兄長低聲說出口。

「著名的例子有蒙特塞拉特修道院的聖母、勒皮主教座堂的聖母等等，這些黑面聖母像與一般的瑪利亞雕像面容差異甚大。在主保聖人等聖像上也看得到這種現象，推測是吸收大地母神與基督教以前的信仰所致。」

我以前在課堂上也聽過類似的事。

據說，聖母（瑪利亞）信仰與對其子救世主或唯一神的信仰有些不同，經常伴隨宗教的混合。當地原本信仰的神或精靈，有時會被講述成主保聖人，也有時則被奉為聖母的一面。

這麼做導致的結果之一，即為誕生了與一般聖母像不同的——黑面瑪利亞。

聽說在部分東方地區，這種聖母像至今仍然受到崇敬，這個小村莊的教堂也走向了類似的路線嗎？

不過，我的興趣不太會發揮在學術的方向上。

（那麼，就算他們是「那個」，也多少懂得變通嗎？）

我暗中考慮著這些。

也就是——這間教堂有多少程度是如同表面所呈現的一般？

總之，就是聖堂教會。

（……即使是那方面的人馬，從這尊黑面聖母像來看，大概也不是頑固的過激派。）

雖然統稱為聖堂教會，事實上其組織內部也並非團結一致。

那個教會是一大宗教組織的機密部門，其由來之一卻是各宗派齊聚一堂的「大公會議」。由於這個緣故，聖堂教會的權威範圍不分舊教、新教、其他教派，得以獲得全世界最大的魔術基盤。

不過，這方面的緣由就連在聖堂教會內也不普及。組織的實際狀況也的確相當偏向舊教，一時之間還有傳聞，說舊教的樞機卿正是聖堂教會的幹部，結果導致部分過激派虎視眈眈地企圖徹底清除舊教以外的派系，使聖堂教會變成了充滿煙硝味的組織……

（唉，鐘塔也沒資格說別人。）

畢竟我的老巢最擅長的就是內鬥。

內鬥豈止是家常便飯，連同政治上的平衡算在內，就算說有八成是靠內部鬥爭在經營的也不為過，高尚的魔術探求消失得無影無蹤。嗯，這腐敗的景況實在教人興奮，人類不像這樣子怎麼行。

「──你們對那尊聖母像很好奇嗎，魔術師？」

貝爾薩克的聲音自後方傳來。

兄長微微點頭。

「因為相當罕見。」

「我聽說那是村莊裡傳下來的古物，費南德祭司應該知道得更多一些吧？」

「……原來如此，若是這一帶，屬於島嶼的凱爾特嗎？不，也可能源流不同，曾有過文化交流……」

兄長低聲呢喃。若不是還有要做的事，他說不定會在村莊住個一週，展開田野調查。

這時候，守墓人繼續說。

「帶你們到我家以前，你們能先向聖母祈禱嗎？這算是這個村莊裡的規矩。」

貝爾薩克語畢，自己先跪了下來。

由於他體格高大，那個舉動與其說是祈禱，看來更如同騎士宣誓。

「如果聖母允許魔術師獻上祈禱的話。」

兄長也同樣倏然劃了十字。

因為不覺得忌諱，所以我也有樣學樣。畢竟平常我大概算是無神論者，做起來還有種新鮮感。不，我覺得有神存在也沒問題喔，我想那傢伙的性格跟我會很相似喔。

然後，貝爾薩克從教堂後門走了出去。

我從教堂後面抬起目光一看，在山頂附近有座沼澤，周遭嚴密地架設了金屬柵欄，還看得到幾座石塚。那裡似乎是墓地。

先忽略那些──

「往這邊走。」

貝爾薩克帶頭領路。

蓋在教堂不遠處的破屋子立刻映入眼簾。

那與其稱作住家，更像一間略大的儲藏室，但從屋裡家具姑且都齊全一點來看，他好像真的住在這裡。

裝咖啡的黃銅杯子擺在髒兮兮的橡木桌上。

不過，那些咖啡的外觀與其說是咖啡，更像泥水，事實上味道也跟泥水很像。就算是我也沒膽對初次見面的對象端出的飲料皺眉頭，但喝咖啡時要控制表情不扭曲，需要耗費很大的努力。

確認我們喝了一口之後，守墓人──貝爾薩克切入正題。

「你們有何貴幹？」

「我這次過來是有一個請求。」

兄長自椅子上站起身，有禮地低下頭。

「久仰布拉克摩爾墓地的大名，我心知這個請求十分自私，但想請你們出借一位守墓人。當然，我會奉上相應的謝禮。」

「……哈！」

貝爾薩克摸摸下巴的鬍子，一笑置之。

「鐘塔向我們求助？更何況，來的還是君主之一？」

他咧嘴露出黃牙，放聲大笑。

但兄長的表情毫無變化，他低著頭繼續說。

「我懇切地請求各位相助。另外，這並非鐘塔，而是我個人的請求。」

「……哼～」

守墓人一撫下巴的鬍鬚，瞇起藍眸。

他似乎領會到兄長沒有在開玩笑。整張髒兮兮的臉龐上，唯獨那雙眼睛像小孩子一樣乾淨。在這樣的狀況下，我抱著的感想連我自己都感到意外。

「以個人身分過來的？我還以為大多數鐘塔成員要忙派閥之間的權力鬥爭就無暇他顧了。」

哇喔，關於老巢的壞話都傳到這種窮鄉僻壤來了，真讓人欣慰。

「我不認為這個認知有誤，但那並非一切。」

「你是指追求什麼根源之渦來著嗎？」

貝爾薩克的聲調摻雜了一絲緊張。

啊，原來如此。他正確地理解著魔術。

根源之渦。

沒錯。本來，凡是魔術師，人人都以那個為目標。不過，根源之渦此一名稱只是為了方便起見的稱呼，在本質上將之化為語言是錯的，稱作「　」還比較準確。

甚至連鐘塔的內部鬥爭也奠基於那裡。那是哪怕沉溺於權力鬥爭也無法忘懷，或者說不惜沉溺於權力鬥爭也想逃避現實的，人人企求不已的絕對之一。

隔絕於其他存在——對魔術師而言的究極之夢。

但是，兄長搖搖頭。

「這一次的事與根源之渦並無直接關連。雖然根源之渦作為萬物之源，我無法否認可能會有間接的連結。」

他的發言一本正經，該說那是無用的謹慎嗎？

貝爾薩克的手指敲著桌邊，這好像是他思索時的習慣動作。像機械般正確地刻劃時間的敲擊聲，如同節拍器一般。

「出借守墓人……嗎？」

沉默短暫地籠罩了空間。

打破沉默的人並非我們其中一方。

咚咚，破屋的門扉傳來敲門聲。

我回頭一看，木門極緩慢地打開了。

「……貝爾薩克先生。」

來者是一名兜帽壓得很低的嬌小少女。

我稱來者為少女，是因為其嗓音聽來楚楚可憐，但那也有可能是尚未變聲的少年。依我個人來看，兩者都很合我胃口，真想恰到好處地施加痛苦，聽聽這人的哭聲。

「喔，妳來了。」

貝爾薩克以有些嫌麻煩的語調開口。

「那個……聽說今天要訓練。」

「是這樣沒錯，但難得有客人來訪，不好意思，今天取消吧。相對的，妳能幫我準備毛毯嗎？」

「……我明白了。」

僅僅說完這句話，兜帽少女便走出破屋。

還想試著多問她點事的，真可惜。不如說，我總覺得那纖細的背影強烈地拒絕著他人。

貝爾薩克調回目光，重新開口。

「總之，我明白你是說真的。但是，依我們的狀態，無法立刻接受那個請求。這樣的話，我們雙方都需要時間吧。」

與一身髒兮兮的服裝相反，貝爾薩克十分有禮地回應。

他以下巴比向窗外，指向某個方向。

「在村莊邊緣有一間狩獵時使用的小屋，你們今天就住那裡吧。」

「很感謝你。」

兄長再度低頭致意。

「還有——若要在這個村莊逗留，希望你們遵守幾個規矩。」

貝爾薩克如此說道。

他豎起四根手指——

「一是，進村時向聖母像禮拜。這一點做過了。」

他先折起食指。

「二是，深夜不外出。

三是，不單獨一個人接近墓地。

四是，即使多人同行前往墓地，也絕對別靠近沼澤。

希望你們嚴守上述幾件事。」

（……哎呀。）

真是相當奇特的規矩。

向聖母像禮拜我還明白，但對於其餘幾項似懂非懂。該說那像是對兒童的規勸嗎？簡直像過時的恐怖片一樣……

但我還沒發問，守墓人就嚴肅地告誡我們：

「請你們務必要遵守規矩。」

3

「──哇啊！床上明顯有跳蚤之類的吧！連蝨子都有啊！」

床鋪之老舊與毛毯的霉味之重誇張到令人感動。

此處是貝爾薩克帶我們前來的狩獵用小屋。

雖然從聽到他說這是狩獵小屋開始，我便感到不安，但小屋比起剛才那間破屋更加殘破。雖然我施了幾種魔術消毒，但是依舊格外後悔沒帶草藥過來。儘管沒上過多少植物科（尤米納）的課，但草藥在這種小細節上可以發揮莫大的功效。

相對的，兄長異樣熟練地拍掉毛毯上的灰塵，迅速地裹在身上。

對了，他曾到全世界旅行過，我事到如今才想起來。因為我從前也總是過著那樣的生活，經過一番猶豫後也咬咬牙裹上毛毯。

有著裂痕的提燈裡的火光微弱地搖曳著。

一會兒之後，兄長呼喚我。

「女士，妳沒有必要跟來的。」

「不不，兄妹一起合作辦事，實在很愉快不是嗎？」

兄長在昏暗中浮現的厭惡神情，令我不禁產生快感。

也許是察覺到我感到愉悅，兄長翻身背對了我。雖然背部也能看出各種表情變化，但我忍著不取笑這一點，試著切入關鍵的問題。

「那麼，我想問問兄長……獲勝的手段指的是什麼？」

「我沒必要告訴妳。」

冷淡的兄長不假辭色地斷言。

「不不，你參加第五次聖杯戰爭，結果變得和我本來的兄長——應該說原本是叔父——肯尼斯教授一樣也不稀奇吧？不如說，正常來想完全是那種下場喔。若是這樣，膽小如鼠的你安排了什麼對策？我對此會產生興趣是當然的吧。」

「…………」

「哦，你打算用沉默混過去？話說在前頭，這部分可是在你承諾的範圍內喔。因為你是死是活，將大幅左右艾梅洛派的進退喔。」

當我吐槽到這裡，兄長認命地開口。

「魔術師不可能贏得了像樣的使役者。」

「……哎呀，是這樣沒錯。」

這個事實太過合理，我生不出任何感想。

使役者。

本來在魔術師（我們）之中稱作境界記錄帶（Ghostliner）的存在。

我們透過各種方法，影響被記錄在遙遠的「英靈座」上的他們。舉例來說，以召喚術短時間借用他們一部分的能力，或者運用寶具的隻鱗片爪是代表性的例子。

可是，只有冬木的聖杯戰爭達成了連英靈的人格一併召喚至現實這種絕技……至少在我所知的範圍內是如此。

不過，關於冬木的消息在協會僅限於極少數人知情。即使知道了，大家頂多只會聳聳肩，認定那終究只是遠東的儀式，這種誇大妄想也未免太超過了。雖然上一代艾梅洛閣下命喪聖杯戰爭引起了一些注目，也僅是在極少數頑固魔術師之間引發議論，輕易地便遭到淡忘。

（……這方面感覺也相當可疑就是了。）

雖說還不到操控情報的程度，但我總覺得有人出手干預。唉，遠東對鐘塔而言本是應該稱作蠻荒之地的邊境，無視才是自然的，說不定是我多心了。

「不過，使役者也有共通點。」

兄長繼續道。

「那便是他們毫無例外都身為英靈。使役者必定是作為靈體受到召喚，藉由獲得魔力暫時得到實體。但就算實體化，原本也是靈體，也持有靈核，而既然是靈體，就有處理靈的專家存在。」

聽到此處，我終於喊出聲來。

「難道你……想借用守墓人是……」

「我要請布拉克摩爾的守墓人——可以的話，就是方才那位貝爾薩克・布拉克摩爾作為我的合作者，陪同我前往聖杯戰爭。」

我久違地目不轉睛盯著兄長。

話雖如此，但他正背對著我。真虧他能泰然自若地說出這些。

「我就姑且指出這點吧，那可是魔術使的想法喔？」

縱然是遠東的例外活動，那依舊是魔術師們舉行的儀式。既然如此，魔術師們才是主角這一點是不成文的默契，華麗的英靈也只是進行儀式的手段與使魔。帶親近的助手與部下同行還說得通，但找完全的局外人過去，是難以想像的毫無常識的行為。

更何況是找甚至並非魔術師的人物同行？

魔術師不可能生出這種念頭。越執著於當魔術師的人更不可能。

「按照正規的方法，我不可能超過肯尼斯教授吧。」

「哎呀，你說得有理。」

我只花一秒就接受了這個回答。

唉，我的兄長遠比上一代當家更膽小、謹慎，因此才得以生還，但能不能獲勝完全是另一回事。

「可是……原來如此，你準備把使役者當成一種惡靈或邪魔來驅除？」

「這跟人類也是生物一樣，只是從更廣大的框架來看待而已。」

兄長的聲音有點悶悶的。哎呀，他不喜歡我將使役者當成惡靈嗎？

我假裝沒發現，繼續談下去。

「你覺得能得到守墓人的幫助嗎？」

「很難講。布拉克摩爾守墓人的能力是否對使役者管用說來也是未知數，只是我預想有這種可能性罷了。」

兄長搖搖頭說道。

「只是，這個村莊比想像中更有意思。雖然此地只有布拉克摩爾墓地的盛名在外，實際情況幾乎無人知曉。但無論是那尊黑面聖母像也好，剛才的規矩也好，都很舒適地刺激了我的想像力。」

「刺激想像力呀。」

我不時覺得，我的兄長格外的瘋狂，或者反過來說，他像正常學者的一面，作為魔術師有點太強烈了。

「嗯。這樣的話，我跟過來果然更好不是嗎？」

「妳說什麼？」

就在兄長這麼說，回過頭的時候。

銀色的液體自小屋門縫底下滲入。

「————！」

在呼吸停止了一瞬間的兄長面前，異變進一步發生。

水銀表面開始冒泡，金屬色的女僕於轉眼間現身。

「混蛋們！我回來了！（Hello Boys! I'm Back!）」

楚楚動人的水銀女僕打招呼的腔調活像找到外星人仇家的醉醺醺老頭，這一點也在我的想像範圍內，不過我還是想痛扁費拉特一頓。那傢伙，到底對我家的月靈髓液（Volumen Hydrargyrum）灌輸了啥玩意兒啊？

我嘆了口氣後，向我的水銀女僕說：

「辛苦了，托利姆瑪鎢。」

「妳果然帶她來了？」

兄長像在忍受頭痛般戳了戳太陽穴。

「難得有自動控制功能，沒有理由不用吧？」

「搭火車時是怎麼做的？」

「嗯，我讓她貼在車廂底部，其他行李也交給她搬運了。」

「妳真的很擅長這種事情呢。」

「呵呵呵，你可以說我是令人自豪的妹妹喔。鐘塔馳名的艾梅洛教室的黑馬，這個叫法也不壞。」

兄長傻眼地抽搐著臉頰，我朝他炫耀似的挺起胸膛。

「那麼，托利姆瑪鎢，村落中的情況如何？」

「是的。貝爾薩克先生在方才的小屋裡，費南德祭司與修女在教堂，好像分別就寢了，其他村民也完全沒有外出。」

「喔～總之沒有可疑的動向。應該說，大家都遵守了規矩。」

我以手指抵著下巴，表達想法。

雖然他們或許純粹是因為缺乏娛樂，沒有必要在夜間外出，但總之那些規矩……看來不只是對旅人隨口說說的話。

兄長啪地一聲躺下。

「那些等明天散步時順便調查……我實在是累了。」

最後那句話似乎是真心話，我很快就聽見他入睡的鼻息聲。

換成平常，他應該會提防我惡作劇，今天大概是真的累壞了。原本便缺乏耐力的兄長在高速爬上山後又跟守墓人交涉，會這麼累也是無可奈何。

我以魔術「強化」過的眼睛清楚地看見他眉心深深的皺紋。

如果那是他成為我個人所有物的證據，真希望皺紋能變得更深，我掠過這樣的念頭，又反省這個想法是否有些天真。要留下痕跡的話，最好是更深更不可彌補的痕跡。如果他

第二章

1

翌日，天氣晴朗。

我打開小屋的窗戶，沐浴著晨光伸懶腰。

不愧是在山上，即使在初夏氣溫也十分涼爽。昨天一片雜亂無章的小屋內部，如今已全面清掃過了。當然，是托利姆瑪鎢在一夜之間整理的。

她還順帶配合我的起床時間準備了紅茶。

除了借用的暖爐之外，連同茶壺與水在內的所有物品都是我叫托利姆瑪鎢偷偷帶來的。雖然從昨天開始就一直維持自動控制模式消費了我一些魔力，但這也無可奈何。

我啜飲芳香的琥珀色紅茶，總算感到意識清晰起來。

「對對對，睡醒時就該來杯好茶，感覺總算是歇了口氣。」

「今天還準備了豬肉口味的熟肉抹醬。」

「幫我抹得厚一點。」

「遵命。」

托利姆瑪鎢將白色的熟肉抹醬抹在法國麵包切片上，放在我的盤子上。我咬下一口，刺激食慾的香味充斥了整個口腔。滑順的口感與鮮美的肉味搭配恰到好處的鹹味，真教人難以抵擋。

我滿懷幸福的心情再喝了一口紅茶，享受竄過鼻腔的茶香。

雖然略嫌不夠甜，但我暫且妥協於巧克力布朗尼。當我感受到糖分運輸至大腦，隔壁房間的門打開了。

「真優雅啊。」

剛起床的兄長搔搔腦袋出現了。

他看來自己整理過頭髮了，但不可否認，他的頭髮還是到處亂翹。應該也有人偏愛這種造型……事實上，我腦海中浮現了包含旁聽生在內的好幾個人。就算是這樣，我也無意推薦他這麼做。

「唔，因為昨天守墓人招待的咖啡味道接近拷問啊。兄長也來喝茶吧。」

「那就沾妳的光了。」

兄長在我的正對面坐下。

托利姆瑪鎢也替兄長泡了紅茶以後，順道將一部分指尖變形成梳子狀態，開始梳他的頭髮。他似乎還睡眼惺忪，一會兒呻吟，一會兒又是雙手手指像平常玩掌上型電玩時那樣動來動去，舉止可疑。但在喝過紅茶，吃了幾片法國麵包後，兄長的目光漸漸恢復神采，不久後還開始多管閒事。

「原來如此，妳對托利姆瑪鎢的訓練很了不起。不過，妳最好也找朋友像這樣一起喝茶才好。」

「真像是骨肉至親會給予的建言呢。我會記得的。」

畢竟，重點在於我沒有朋友。

要一起喝茶或品嚐甜點，對方必須是我能夠放心他不會對我下毒的人。很遺憾的是，在我的生涯中無緣結識這種人。若要說這件事是否令我悲傷，我只能坦承我反而感到愉悅。

令人困擾的是，雖然我的人生從客觀角度來看並不幸福，但從主觀角度來看，我只能坦承，我的生活充滿了喜悅。被人下毒就改吃保存食品，在社交聚會上被逼得幾乎走投無路，就事先做好疏通工作，採取措施因應這些騷擾，對我而言，這些皆為一大樂事。

當然，如果沒有管家教導我那些手段，我想必早已喪命。「那個人」已離開數年之久，不過他灌輸給我的種種知識和癖好依然存於我的內在。

我隨便應聲，同時試著切入正題。

「那麼，你要怎麼做？」

「貝爾薩克先生說過，別一個人前往墓地吧？」

兄長悄然說道，我從鼻子裡哼了一聲。

「意思是兩個人去就可以嘍？」

「這樣就遵守了規矩吧。」

兄長一臉無聊地回答，再度吃起法國麵包。

他總是抱怨胃痛，但那並非因為消化功能有問題。硬要說的話，兄長是愛吃東西，只是因為沒空才省去了進食時間……吧。那麼做才叫浪費人生，人生明明沒有空間可以加入除了娛樂、愉悅與快樂以外的因素啊。

「唉，我贊成去墓地看看。既然過來拜訪守墓人，調查那裡應該是無可避免的。」

當我說到此處，喝完剩下的紅茶時。

入口處傳來敲門聲。

「那個……早安。」

門扉客氣萬分地打開了一條縫。

由於開門的方式實在太慢，那一點門縫又細得像一條線，我有一瞬間懷疑那是某種魔術。或許是未經允許就無法進門的妖物一類？我將托利姆瑪鎢藏到對方看不見的地方，開口回應。

「呃，可以進來。」

「好、好的……」

門扉嘎吱一聲又打開了一點。

但那只是變成了一道頂多才拳頭寬的縫隙，勉強可以看出對方的身高及服裝。

是那名將灰色兜帽壓得很低的少女。

「那個……貝爾薩克先生交代我為你們帶路……呃，昨天我們在貝爾薩克先生的小屋見過面……」

「喔，我當然記得。」

當我點點頭，少女鬆了口氣。

不知她是格外膽小？還是純粹不習慣面對外人？我認為兩者都有可能。

我瞄了兄長一眼，確認是否無妨。

雖然覺得被對方先發制人，無法隨意行動，但有人帶路著實很有幫助。村子裡應該有許多東西是不加解釋就無法理解的。而且若想暗中調查，之後再進行也可以。

「那麼，我和兄長要受妳關照了。」

「……是。」

「妳等一下，我們立刻出去。」

我迅速讓托利姆瑪鎢變形，吸入她帶來的行李箱內。由於行李箱施了減輕重量的魔術，不必每次「強化」，搬運起來也不成問題。

我走出小屋，看到兜帽少女看似無助地仰望著天空。

不知該說是不巧還是適合，原本放晴的天空為之一變，飄起烏雲。然而，站在陰天之下的她融入了陰沉的景色當中。

恰似遙遠冬日國度的妖精。

「嗨，久等了。」

「……不，沒關係。」

當少女立刻低下頭，正要否認時，一陣風從側面吹來。

那陣風掀開兜帽，露出底下的臉龐。一頭黯淡的銀髮綁成髮髻，少女長得十分楚楚可憐。那沒辦法直視我的雙眸的內向性格惹人憐愛，或該說很合我胃口。用一句話總結，就是很有欺負的價值。

然而，其他狀況接連發生。

「哇啊！」

錯愕的叫聲響起。

由於近三年來不曾聽過他完全出自本來面貌的叫喊，我也不禁回頭。

「怎麼了，我的兄長？」

「……不、不，沒什麼。」

兄長一手摀住臉龐，以乾涸的聲調否認。

但我清楚地從指縫之間目睹了他的神情。

我知道那種神情，那是當兄長那幾個強烈的精神創傷受刺激時會流露的表情。然而，即使是我當成祕密武器的那些精神創傷，也未必能造成如此劇烈的效果。

少女大吃一驚地回過頭，在連連眨眼後怯生生地問。

「請、請問……有什麼問題嗎？」

「那個，我明白這個請求十分無禮，但妳能不能將兜帽再壓低一點？」

「……咦？」

少女也僵住不動。

坦白說，我也很吃驚。兄長對待女性基本上態度彬彬有禮，自從將他束縛在君主之位後，我首度目睹他對關係不親近的對象提出如此沒禮貌的請求。

可是，異變還不止於此。

「不、不，戴著比較好嗎？我明白了。我會的。」

（嗯？）

不知怎的，少女的聲調聽起來生氣勃勃。怎麼回事？在我不知道的時候，他們玩起了什麼非正規的玩法嗎？

「……非常抱歉。我只是由於個人因素，精神上有點不適，希望妳不要感到不快。」

「不，怎麼會呢！請別在意。」

少女壓低兜帽搖搖頭。

還有——

「——咿嘻嘻嘻嘻！想不到啊慢吞吞的格……」

一個格外尖銳的聲音湧現，又軋然而止。

我忍不住與兄長面面相覷，少女在我面前用力揮動右手，然後若無其事地清清喉嚨。

兄長愣愣地詢問。

「……剛才那個聲音是？」

「……應該是幻聽吧？不，請別在意。」

她以認真的語氣這樣說，讓我搞不懂。

觸及他人隱私對我而言是種享受，我很想追根究柢地問清楚，但現在深入追問似乎會有某種不好的東西爆發，還是伺機而動吧。

「來，出發吧。我帶兩位到你們想去的地方。」

兜帽少女從愣住不動的兄長身上別開目光，這麼催促。

2

我們由少女帶路，在村莊內走動並與居民們交談，而後明白了幾件事。

例如，雖然這裡是威爾斯地區，基本上仍使用英語。

懂得說威爾斯語的人基於歷史背景漸漸減少，有一段時期甚至降低至人口的兩成，到了最近才重新受到審視。人們從復興文化方面施予教育，結果導致會威爾斯語的年輕人反倒變得比老人更多，但在這座村莊裡看不到這種傾向，多半是因為他們和平地居民不常交流吧。

以及，兜帽少女意外地受到村民們尊崇。

雖然並非全體都是如此，在我試著拋出話題攀談時，大約有一半的村民會先十分恭敬地向兜帽少女行禮。

簡直像遇見貴族一樣。

（……或者說，小心翼翼？）

她絕非遭到冷眼對待。

反倒相反，我從他們的態度中感受到了面對聖像般的虔敬。

覺。

是聖像。

那並非對待人的態度，是更為根源的——宛如對待神聖之物時的態度。當然，他們在對待祭司與修女時也會採取類似的態度，卻更為殷切並充滿喜悅——我有這種奇特的感覺。

（……那麼，為何她如此怯懦呢？）

在這般封閉的村莊裡如此深受眾人崇敬，性格變得傲慢反倒才是常態。不，可能只有我會這樣，但我也不認為會生出膽小的個性來。

不太吻合的狀況讓我心中湧現模糊的疑問。

說歸這麼說，總之我們先釐清了地形。

村莊大致呈南北凹陷的橢圓形——像兄長從前在遠東收到的土產葫蘆一樣的形狀。教堂位於中央，墓地與沼澤在北側，我們昨夜下榻的狩獵用小屋位於西側村郊。

在半途中，我們也去了村莊中央的教堂一趟。

「這裡是教堂，昨天有人帶你們來過吧？」

「嗯……妳可知道聖堂裡的黑面瑪利亞的由來？」

「由來……我也不太清楚。」

她的第一人稱發音帶著威爾斯腔，這一點也很惹人憐愛。不行，我平常的興趣快發作了，我得再克制一點啊。

村莊地圖

「……只是，這個村子非常熱誠地信仰著聖母。大家在結婚或生子時，一定會向那尊聖母報告。」

「哦，報告孩子的出生嗎？」

兄長感興趣地以指尖撫摸下巴。換成平常他會抽起雪茄，而現在似乎是顧慮到還有兜帽少女在場。

（關於聖母的消息，果然只能逮住祭司打聽了嗎？）

不湊巧的是祭司不在，除了伊露米亞修女朝我們翻了白眼之外，別無收穫。雖然有些人很享受這種待遇，可惜這與我的興趣有些差異。

「你們還沒回去喔？」

這次不是耳語，修女像罵豬似的當面辱罵我們，這件事我就暫且藏在心中了。啊，我想先聲明，並非因為我看到她擺出厭惡的神情而感到有些戰慄才會這麼做。

然後，我們抵達關鍵的墓地。

那絕非莊嚴的墓園，只有刻著各自姓名及簡單經歷的墓碑插在地上而已。

泛著銹跡的鐵門上雕刻了烏鴉圖樣，我的兄長興趣十足地望著雕刻發問。

「這片墓地將烏鴉視為神聖之物吧？」

「……是的，這裡由貝爾薩克先生管理，但地主好像另有其人。」

（地主嗎？）

我以為那個貝爾薩克是地主，原來另有其人。

兄長仔細地觀察墓地。

聳立在陰天之下的石碑群，與其說感覺不祥，更近乎於空洞。這裡經過了漫長到連一直以來收集的死都徹底灰飛煙滅的時間……我產生了這種印象。話雖如此，墓地意外的不怎麼髒，應該是貝爾薩克或這名少女有在勤快地打掃吧。

石碑上刻了各個墓主的名字和來歷，但越後方的石碑越是陳舊，磨損嚴重，有將近三分之一已無法閱讀。

我以指尖撫過墓碑表面，石塊上的寒意彷彿要沁入骨髓。

這個地方極為安靜。

安靜到只要側耳聆聽，好像就聽得到遙遠時代的聲音。

借用兄長的說法，就是墓地即為死後世界本身的那個時代。

兜帽少女忽然開口。

「……艾梅洛II世先生為何來到這裡呢？」

「貝爾薩克先生沒跟妳說過嗎？」

「因為那個人……不太說不必要的事。」

唉，我也覺得他是那種人。比起言出必行，他更接近於只做不說的類型。

兄長走在少女身旁，目光掃向墓地各處，同時開口。

「嗯，我有點事情希望他能幫忙，所以來請求他出借守墓人。」

他這麼說明。

少女連連眨眼後回頭。

「那麼，貝爾薩克先生要去城裡了嗎？」

「如果他接受我的請求的話。有什麼問題嗎？」

「……不，那個……」

少女吞吞吐吐地往下說。

「因為我沒出過這個村莊。」

「一次也沒有？」

「是的。一次也沒有。」

灰色的兜帽上下搖晃。

「啊，不過偶爾會有行動圖書館與載滿貨物的小販來村裡。我從小總是期待他們過來！」

「圖書館啊。妳喜歡看書？」

「是的，我喜歡偵探小說之類的，特別是古典……」

兜帽少女的聲音短暫地雀躍起來，又像火焰熄滅般沉寂下去。

「……不好意思，我說起自己的事了。」

「是我問到有關妳的事情，妳不需要道歉。」

兄長微露苦笑，搖了搖頭。

「只是交談了一會兒，我就看得出妳在煩惱某些問題。不過，沒必要過度低聲下氣，我想妳可以更有自信。」

「自信……嗎？」

「貝爾薩克先生也是因為信任妳，才交給妳來帶路吧？縱使妳無法相信自己，應該能相信親近的人不是嗎？」

「…………」

少女的右肩一瞬間顫了顫，感覺就和方才尖銳的聲音傳來時一樣，但這次她只揮了右手兩次。

她並未與兄長四目交會，依然面向旁邊問道。

「你也曾是如此嗎？」

「畢竟從前的我並不成熟，我連一次也不曾真的充滿自信。就算如此，活到一定的年紀，也會碰到讓人不小心信任了的對象。」

「…………」

少女按住右肩，再度陷入沉默。

然後，兄長發問。

「貝爾薩克先生與妳是什麼關係呢？」

哦，他從我好奇的部分切入了。

他們兩人正好有著親子之間的年齡差距，但我不認為他們是父女。說歸這麼說，以鄰居關係而言，他們又有種微妙的距離感。

「他就像是……我的師傅吧。」

「師傅？」

「因為……我也會成為這裡的守墓人。」

「哎呀，是家族傳承嗎？」

「布拉克摩爾的守墓人，會從村莊裡選出一名下一任的守墓人。據說這是從許久以前傳下的慣例……九年多前，貝爾薩克先生選中了我。」

原來如此，是這樣的機制嗎？

感覺這個村莊似乎與布拉克摩爾墓地訂下了契約。儘管不清楚是有墓地後才在周遭興建村莊，還是先有村莊才有墓地，但這是為了避免守墓人失傳而建立的系統吧。唔唔，思考這種事情，總讓我覺得自己也感染了兄長的田野調查癖。

「可是……不行的。」

「什麼不行呢？」

當兄長發問，少女的背脊一顫。

「怎麼了？」

「……我……」

少女隔著外套按住胸口半晌，彷彿在竭力控制住某些怎麼樣也無法壓抑的事物。

不久之後，她就像吐出堵住肺臟的石塊般開口。

「……我、害怕、靈。」

靈。

在這個情況下，這並非迷信。

魔術師（我們）知道，現實中有亡靈及惡靈存在。正因為如此，人們不斷研究死靈術，聖堂教會的洗禮詠唱也具有重大意義。儘管是似同實異的存在，英靈無疑也屬於這一類型。

「很奇怪吧，明明聽說此處是十分古老、歷史十分悠久的墓地，未來會成為這片墓地守墓人的我卻害怕靈。」

少女低著頭坦白。

「可是，我從懂事開始一直都怕靈。所以，這個村子的墓地明明很有名，卻只有我一個人一直不願接近……然而，為何貝爾薩克先生選擇我……選了我呢？我不明白。」

那便是村民們對待她的態度與少女本身的態度不一致的原因嗎？

我不清楚。

只是，少女在胸前握緊拳頭。

「現在也一樣，只是待在這片墓地，我就覺得快發瘋了。」

沙啞的嗓音傳過墓碑之間。

本來就身材嬌小的少女將身軀縮得更小，彷彿隨時都會消失。

然而，兄長沒有安慰或勸解她，只是如同講評學生報告一般淡淡地告訴少女：

「貝爾薩克先生選中妳，純粹是因為妳很優秀不是嗎？」

他這麼說。

「我……嗎？怎麼可能。」

「當然，妳有必要以某種形式克服或昇華現在的恐懼。但是在魔術上也一樣，比起輕率接觸魔術的人，那些知道魔術有多恐怖的人更有可能成材。最初的挫折說不定是種恩惠。」

也許是這番話太過意外，少女茫然地回頭。

這或許是我來到這座村莊後，首次看到她面對面正視別人。

「挫折是恩惠？」

「有時候也會有那種情況。當然，要當成恩惠還是詛咒取決於當事人……哼，但這樣遠比那種連不小心受挫都無法理解，像天才般的笨蛋好多了。」

他最後的話露骨地充滿了私怨與嫉妒，但就把那當耳邊風吧。實際上，那個問題兒童由於無法理解這一點而無法與他人共享魔術也是事實。

少女呆立不動了一陣子。

當她轉頭時，我發現一個纖瘦的人影佇立在墓地入口處。

「啊，妳在這裡呀。」

「媽媽。」

那是一位披著薄披肩，看來溫和的女性。

她的年紀大約三十五六歲，相貌並非特別標致，但沉穩的表情散發出令人不禁放鬆下來的柔和。

「太好了，禮拜的時間到了，我們回去祈禱吧。」

「……可是，貝爾薩克先生請我為客人帶路……」

「那可不行。守墓人雖然是重要的工作，但不能缺席禮拜吧？而且，妳不是一直說妳害怕這片墓地嗎？不可以逞強喔。」

母親嫣然微笑，靠近少女一步。

「因為妳的身體很珍貴。」

我有種奇特的感受。

那是作母親的會對孩子說的話嗎？她們明明十分相似，感覺卻像有一點尖刺殘留在肌膚上，摻雜著疼痛與刺癢。我揮不去心頭彷彿扣錯鈕釦般的異樣感。

她的母親望向我們說道。

「兩位客人也是，非常抱歉，但你們不介意吧？」

「我明白了。村裡的環境她大致都向我們介紹過了，謝謝妳。」

戴灰色兜帽的少女依依不捨地轉頭看向道謝的兄長，立刻低下頭，僅僅留下一句話。

「那個，請你們千萬別去沼澤。」

「我當然知道。」

她的母親在確認兄長同意之後，和少女一起轉身欲走。

「那麼，在此告退了。」

「等等。」

兄長從背後叫住兩人。

「您還有事找這孩子嗎？」

「只有一件事……先前錯過了機會，可以請教妳的名字嗎？」

在停頓了一會兒後——

「……格蕾（灰色地帶）。」

少女呢喃。

忽然間，陽光從雲層縫隙間灑落。

「什麼也做不了的……格蕾。」

她的聲音摻入夏風之中。

風中明明帶著溫暖的陽光，那聲調不知為何卻顯得陰暗。也許這樣跟少女的名字很相稱。

她與她的母親離開後，兄長在墓地中巡視了一陣子。

這次他拿出雪茄，老樣子般緩緩地以火柴點火。他將雪茄叼在嘴邊，和格蕾在場時一樣繞了墓地好幾圈，但不久之後，他搔搔頭髮，發出沉吟。

「怎麼了，兄長？」

「……嗯，感覺不太安心。」

「你是指剛才來的她母親嗎？」

「那也是原因之一，但我覺得這個地方實在不對勁。如果我的調查能力更像樣一點就好了。」

兄長感慨地嘆息後提議。

「不好意思，萊涅絲，可以由妳來看嗎？」

「嗯？」

嫌麻煩的我仍然依言驅動了眼球的魔力。啊，之後還得點眼藥水，真麻煩。那種藥水點起來可是相當痛，但我總不能在這個村莊裡露出發紅光的眼眸。

周遭的大源立刻浮起。

魔力的狀態遠比在都會更加活性化，沾染在墓地四處的意念如霧靄般浮現又消失，活像成本低廉的恐怖片場面。

「似乎沒有什麼異狀耶？墓地就是這樣的吧？」

「我希望妳別只看一處，而是觀察整體。別定出焦點，模糊地將意識帶到頭頂。並非只用魔眼來觀看，要在想像中創造出控制魔眼與自身的另一個自己。」

「喂喂，越來越像在上課了。」

我在抱怨之餘照著執行。

我瞇起眼睛，想像著另一個自己。這算是魔術的基礎，我沒理由會感到棘手，只是要與魔眼同時操作，需要發揮相當纖細的專注力。

視野緩緩地發生變化。

（……這是什麼？）

我皺起眉頭。

方才兜帽少女——格蕾談到的靈，大體上是附著於空間的亡者意念，也可以稱作是烙印在世界上的亡者的習慣。那些靈絕大多數沒經過多久就會消失，但偶爾也有土地或物品帶著某種魔力，導致靈長期殘存的情況。所謂的鬼屋及鬧鬼公寓就是這樣形成的。唉，由於我國有點過於喜愛幽靈，那種房地產反倒會升值就是了。

「怎麼了？」

「不，該怎麼說……像這樣觀看起來，此處的靈明明濃密，卻又稀薄啊。」

我一邊回應兄長，一邊對魔眼傳來的訊息感到困惑。

明明魔力非常濃郁，殘留意念也的確停留於此，個體的輪廓卻模糊不清。個體的靈與魔力幾乎無法區分，只能辨識為渾然一體的霧靄。

不只那樣，我還感覺到了不同於純粹魔力的奇特性質。

我並非死靈術的專家，無論死靈再怎麼悲嘆，也無法將它們的悲嘆化為言語，但這樣的性質讓我產生了魔術師會有的好奇心。

墓地整體簡直像一個巨大亡靈——這便是布拉克摩爾的墓地嗎？

在墓地當中，幾道淡淡閃爍的線條映入我眼中。

「……這是線嗎？只有這個不知為何沒融入環境中。」

宛如因雪茄煙霧而浮現的，試圖碰觸便逃開的形體。

那些線顯然是與墓地異質的存在，當我提起之後，兄長彷彿在說「逮著你了！」一般打了響指。

「賓果！」

「唔，你有頭緒了？」

「沒錯，這裡的墓地有種受到外部干涉的氣息。既然以妳的眼睛能馬上找到，代表沒有偽裝。雖說起碼經過透明化，但對方是認為就算被人發現也無所謂嗎？」

「真不好意思，我的眼睛沒什麼用。」

畢竟這只是半吊子的魔眼。

即使如此，能受兄長羨慕，我還是覺得賺到了。但老實說，現階段魔眼令我感到不便的次數比感激有它存在的次數來得多。像眼藥水也是如此，我不知有多少次因為眼睛疼痛而在施展魔術時昏倒。不過，自從兄長開始指導我後，他似乎看清了我承受痛覺的極限。即使好幾次幾乎都要痛暈過去，我也只有一開始那幾次真的昏倒過……可惡，這個斯巴達教師。

「妳看得出那些線連結到哪裡嗎？」

「等一下……是那個方向。」

我望過去。

那是與沼澤相反的方位。

那裡的地形形成略為隆起的山丘，我抬頭仰望，山丘上似乎有座老舊的風車小屋。

「……對了，他說過接連有客人來訪吧？」

兄長低語。

貝爾薩克在我們初次見面時說過這句話，他指著我們這樣說過。

「去見個面吧。」

3

從山丘上可以俯瞰方才的墓地與沼澤。

「哈哈，那就是傳聞中的沼澤嗎？」

雖然他們交代我們不許靠近，但遠遠地觀察不成問題。

沼澤的規模意外的大，感覺可以容納下方才那片墓地。從沼澤水混雜泥濘，透明度很低的狀態來看，說不定發生過……從前失足跌落的人從此沒有浮上來的事。

（或者也可能產生了有毒的沼氣。）

我散漫地思考。

我記得鬼火（Will o' wisp）現象發生的原因之一，是因為泥沼等地方生出可燃性氣體所致。雖然聽起來現實，但世界上不可能輕易殘留真正的神祕，大多數神祕都能歸因於這樣的緣由。

風車也許已經損毀了，風勢明明不小，卻沒有轉動的跡象。

昔日唐吉訶德一心認定為怪物並突擊過的建築物，如今宛如遺骸一般。

兄長敲敲與風車併設的小屋門扉。

沒有得到回應。

「門沒有上鎖，我們進去吧。」

「喂喂。」

我來不及制止，兄長就打開了門。

我的兄長碰到這種時刻，總是不加多想而行動果斷。他毫無顧慮地走進小屋，對屋內皺起眉頭。

「這是……？」

整齊的小屋內，令人驚訝地備齊了現代機器。

不，那真的是現代機器嗎？

置身於厭惡現代科學的魔術師當中，我因為對我有利這個理由學習過電腦，但這裡的機器大致上都是我不曾見過的機種。宛如水晶切割而成的立方體造型近似於近來的透明電腦，但鍵盤與滑鼠這些必備的輸入設備卻不見蹤影。

（這樣的話……）

一個預測閃過腦海。

魔術師中有使用這類機器的派別。

但是，那個派別的人以平常都窩在地底著稱。他們有時會被取笑是鼴鼠，但他們是強大到絕對無法忽視的組織。

兄長揚起目光。

他望向風車小屋狹窄的走廊。

潮濕的昏暗，如同保存數十年之久的葡萄酒，無人窺視過那層面紗底下極為徐緩地釀造而成的昏暗。在刺激那種妄想的時間盡頭——

「——切斷。」

沉著的聲音響起，接著是腳步聲。

這裡腐朽得連我的體重踩上去都會引起響亮的嘎吱聲，對方的腳步聲卻像貓一樣細微。

劃破黑暗的金髮出現，長披風的衣角搖曳。

那人閉著眼眸，外表看來年約二十五歲。但是，他的年紀絕非如外表所見。

「只能說切斷了。」

他挪動工整的雙唇呢喃。

「好歹是現代魔術科的新任君主與院長相遇之處，舞台布景卻出了錯。不管是製片、編劇或導演，都必須被嚴加究責吧。樸素的結構雖然不壞，但戲劇化的場面也需要一定的形式。」

「……怎麼、可能……」

我以為所有細胞都沸騰了。

那個人的真面目委實太過超乎想像。就算是這裡是著名的墓地，他出現在這種窮鄉僻壞也已經超越了異常狀態的程度。

院長。

鐘塔也有這個職務存在。

只是，那可以說幾乎是傳說中的存在，超越十二君主的頂點。甚至連我也不曾直接拜見過，那位據說從鐘塔設立以來便不曾更替的魔術師。

「啊，其實我應該到玄關迎接兩位才對，但今天的陽光也很毒辣。我的體質有些難纏，雖然也採取了因應措施，但直射的陽光很麻煩啊。」

「…………」

坦白說。

布拉克摩爾的墓地也好，守墓人也好，那一刻都從我的腦海中一掃而空。在這片土地上發生的所有事情已化為遙遠的記憶。誰會想得到，我抱著輕鬆的心情跟隨兄長踏上的旅程，竟有這樣的對象在等待著。

（……那麼，這是……）

魔術協會這個名詞如今幾乎等同於鐘塔，但那本來是由三個組織所組成的。

一個當然是鐘塔。

一個是信奉古老神話時代魔術的彷徨海。

至於最後一個，是以異於西洋魔術的古老鍊金術為主旨的異端——

「……翠皮亞．艾爾多那．阿特拉希雅。」

兄長低聲說道。

第三個魔術協會——阿特拉斯院的院長正佇立於此。

4

翠皮亞依然閉著眼，緩緩地開口。

「你的表情看來不怎麼意外。」

「我當然是大吃了一驚，只是驚訝過度就不會反應在臉上而已。」

在翠皮亞面前，兄長大大地吐出一口氣。

從流過太陽穴的冷汗也能看出，他實際上很緊張。他說自己驚訝過度應該既非謙遜也非比喻，而是單純的事實。如果衝擊程度再稍微低一點，他說不定反倒已經嚇暈了。

「阿特拉斯院的院長在這種地方做什麼呢？」

「沒什麼，採集一點數據而已。我預定在此逗留一陣子。」

裝腔作勢的聲音在昏暗中響起。

唯獨這一次，我戰慄的程度不比兄長來得低。

猛烈狂跳的心臟，彷彿再稍做施壓就要破裂。萬一兄長與翠皮亞在此進入臨戰狀態，很可能會改變魔術協會的歷史。即使理性吶喊著不可能發生那種事，無法預測的情況卻讓恐懼浮現。

兄長微微垂下視線。

「阿特拉斯院的首腦待在這樣的地方，不會有所不便嗎？」

「哈哈哈，我們和連電話線都不願意拉的鐘塔不一樣。不管院長在星球的任何地方，都無礙於資訊的共享。既然如此，至少我個人沒必要自願過著鼴鼠般的生活。」

男子彎起嘴角聳聳肩。

「唉，組織的方針應該會依院長而大幅變化吧。」

那裝模作樣的一舉一動很適合這個人，彷彿唯有他的周遭是直接擷取了銀幕上的畫面一般。

他這樣的一面看起來果然只像個二十幾歲的青年，要稱他青春或許有待商榷，但他還在謳歌年輕時光的年代……長壽的魔術師很多，但這實為異常。我明明聽說，阿特拉斯院的院長有長達幾百年未曾替換。

不，老實說，我已經找出結論了。

雖然那是我不太想去思考的答案，但翠皮亞立刻主動承認了。

「啊，因為我覺得陽光棘手，你們應該早就察覺了吧？」

他咧嘴展示微尖的牙齒。

「我從以前便成了死徒。」

這是他不會老的原因嗎？

死徒保有現代為人所知的大致吸血鬼特質。

亦即，長生不老。

亦即，對血液的欲求。

亦即，忌諱陽光。

雖說小屋內沒被陽光直射，但仍有間接的陽光照射進來。從他對此不為所動來看，果然採取了不少因應措施吧。

翠皮亞緩緩地轉頭。

「這位女士是萊涅絲・艾梅洛・亞奇索特沒錯嗎？」

「……是的。」

不只兄長，他似乎還掌握了我的資訊。

「原來如此，這次的劇本模式是你們兩人同來此地嗎？」

「這是什麼意思？」

當兄長發問，翠皮亞掉頭轉身。

「翠皮亞院長。」

「喝杯葡萄酒如何？艾梅洛的公主與艾梅洛閣下。不，我記得要加上II世比較好？」

連常說的台詞都被搶先一步，我聽見兄長輕輕地倒抽了一口氣。

像這樣徹底被對方掌握了步調，是至今不曾發生過的狀況。

「你喝葡萄酒嗎?」

「這是個兼具閒聊又能分析我性能作用的好問題,艾梅洛閣下II世。我不是小說人物,當然會將美酒當成嗜好享受。而且根據五號思考的演算結果,你在大多數情況下會要求我提供訊息。我們彼此的時間都很寶貴吧?為了不浪費時間,我認為在此時進行交流比較好。」

「……承蒙好意。」

兄長遲疑半晌後點頭同意。

翠皮亞直接帶我們進入小屋內部。這裡的結構多半類似於貝爾薩克居住的破屋,卻也已經變得截然不同。

方才的入口也是如此,僅僅由木材草率堆成的牆壁沒有一處漏風,屋內還擺著高雅的桌椅,不知道是什麼機關操縱的,葡萄酒瓶甚至倏然飄起來,自動替我們斟酒。

這大概並非魔術。

而是古老的阿特拉斯鍊金術。

光是與之對峙,明明氣溫不熱也讓我冒了汗,自律神經出現異常。

由於這個緣故,我甚至不怎麼喝得出葡萄酒的滋味,只有丹寧酸的苦味滑下了喉頭。

就算如此,我仍將酒吞下去,而翠皮亞確認我們喝了酒後,也緩緩地舉杯啜飲,切入話題。

「好了，從你們可能感到疑問的地方開始說吧。總之，你們很在意我與布拉克摩爾墓地的關連吧？因為在大多數劇本中，你會說——光是在這種地方遇見你，就讓我們陷入混亂，像是這樣的話。」

這種感覺極為怪異。

如同案件明明並未發生，卻一開始就被透露了劇情似的。看推理小說時，我有時候喜歡從結局看起，遭到別人這樣對待卻覺得渾身刺癢。倒不如說，感覺好像在發癢前，就有人輕柔地抓過了我的皮膚。

「布拉克摩爾，原本是與此地的家族有緣的古老死徒之名。」

翠皮亞這麼說。

「那位死徒曾是使役鳥類的魔術師，在兩千多年前馳名於世，但很遺憾的是，他在這個劇本中已然滅亡。這個家族使用其名來向死徒致敬，我也跟他有一些關連。」

「你所說的關連是指什麼？」

當兄長詢問，翠皮亞頷首。

「這個嘛，如果解開從前的演算結果之一……視情況而定，他或許會成為我的同胞。」

「同胞？與一兩千年以前的死徒嗎？」

「對，若是出現那種情況，數量應該會超過二十吧。雖然終究只是有那樣的可能性而已，但此地與我頗有淵緣。不過，與布拉克摩爾成為同胞的可能性在我誕生前——就算是在數種有可能發生的分枝中最後的一種，也在距今近一千七百年前被摘除了。」

（…………）

我聽得一頭霧水。

他在告訴我們某些重大之事，我卻完全無法將其連結。

這並非我初次遇見死徒，鐘塔的魔術師中，也有一些人狂熱地投入化為死徒的研究，畢竟不必顧慮衰老是一大優勢。在抵達根源之渦前，無論如何都需要時間，結果，絕大多數魔術師都將願望寄託於子孫。若能減少教育及傳達上的損失，會有人選擇稍微接觸歪門邪道也很自然。

然而，這和那不同。

我甚至不認為，從廣義上來說，自己是在與人類交談。

他簡直像連結網路的電腦，忽略步驟與前後時間順序，僅僅不斷地列出搜索到的訊息。

「再補充一點，建造這片墓地的家族跟死徒布拉克摩爾一樣是使役鳥類的魔術師。在掌管人類的三要素，即肉體、精神、靈魂中，烏鴉被當作運送靈魂的使者，特別受到重用。關於這方面，守墓人應該也很熟悉，因為儘管跟正常情況有所差異，他們至今依然是以口耳相傳的限定繼承魔術師。」

「等一下。」

兄長忍不住制止道。

「你接連不斷地說出這樣的事情，我們會很為難。光是在這種地方遇見你，就讓我們陷入混亂——」

他說到一半中斷。

那是當然的。

因為他所說的內容，與翠皮亞方才預言的一模一樣。

「很抱歉，我想我應該讓你們感到了不快，但我認為這麼做可以節省談話成本。反正你之後會想問類似的問題，直接說能避免花上兩次工夫。」

翠皮亞坦然地回應。

兄長手持酒杯，頓住不動。縱使他極力壓抑，朱紅色的葡萄酒表面仍舊微微盪開漣漪。

「……這是未來視的魔眼之類的嗎？」

「跟未來視不同，儘管與預測的未來視確實也有相近的部分，但似同實異。比方說，即使作為故事擁有共通的製作過程，小說與歌劇仍截然不同對吧？啊，難得有機會，也嚐嚐起司如何？這裡很少有人過來，希望你們不要客氣。為了理解內容，供應能量給大腦是不可欠缺的。」

到了現在，翠皮亞又給我們添上起司與葡萄乾。

光是聞到散發的香味，就能知道兩者都品質優良。起司與葡萄乾也飄浮著，連同盤子一起輕飄飄地落到桌上，這是運用了先前漂浮在墓地中的細線嗎？

「所以，你到底在說什麼？」

「可能性的不均勻啊。我大致確定你會拜訪此地，但難以特定你來訪時會走哪一種劇本。舉例來說，對於你是否會帶艾梅洛的公主同行，我就沒什麼自信。」

「——帶我同行？」

拋過來的話題讓我眨眨眼睛，翠皮亞以低沉的呢喃回應。

「我們活在可能性中，可以說只是偶然在呈五花八門分歧的現象的一道漣漪上晃蕩而已。雖然要改換到其他漣漪上幾乎不可能，但起碼可以演算、估計出其他漣漪的形狀。演算過大量的漣漪，便能想像到常見的劇本是什麼內容。」

阿特拉斯的院長靠在椅背上輕聲嘆息。

他至少還會呼吸啊，我心想。去數這個人跟我們之間的共通點有什麼用？我這麼想著，卻忍不住要去數。

「我並非偵探，不做推理。可能性即使並非無限，也會無數地擴展，而我無法逐一徹底檢驗。問題很單純，即在檢驗期間會生出新的可能性，就跟阿基里斯追不上烏龜一樣。」

翠皮亞轉動著酒杯說道，宛如老派科幻片中不斷吐出打孔卡的計算機。

連身為魔術師的我，也只覺得他的發言幾乎全是妄語。

「可能性的分歧絕非無限。」

翠皮亞宛若歌唱般再度這麼說。

「因為即使是這個宇宙，也承受不了無限的擴張。但是，無數的可能性多到人類無法全部掌握的程度。所以，限定舞台及人物，將可能性縮限至可以計算的程度，說不定即是翠皮亞這個存在的歷史。」

「…………」

我慢慢地理解了。

原來如此……在此處的是計算的化身。

與魔術師似同實異者。與科學在久遠以前分道揚鑣者。不斷累積了數字與分析的結果後，他甚至將這個現實也只視為一項模擬。作為經過無數計算的架空世界（劇本）之一，他正從居高俯瞰的位置與我們交談。

同樣是魔術協會，其觀點卻遙遠到位於另一個次元。這並非要論等級孰高孰低，而是雙方具備的前提和立足的基礎差異太大了。即使在場的不是像兄長這樣不成熟的魔術師，而是其他君主，結果多半也幾乎不會變。

……說起來，他活著嗎？

過度居高俯瞰的視野，已非單純的才能或技術所能容納的範圍。

人無法變成鳥，跌下大樓只會墜落。從太過隔絕於外的高處俯瞰世界，同時忍受著「從這裡摔下去就解脫了」的自殺欲望長達數百年，哪怕對於阿特拉斯院而言，這也是極為困難的任務不是嗎？

化身為死徒，甚至放棄了正常生命活動的思考機器，究竟如何看待世界呢？

鐘塔沒有任何一位魔術師能讓我如此渾身發寒。不光只是魔術的強大與神祕的古老，以完全異質的能力及歷史作為後盾的另一個魔術協會。

阿特拉斯院。

昔日同為魔術協會，卻走上了不同道路的對象。

魔術的世界裡煞有介事地流傳著這樣的話。

別解除阿特拉斯的封印，世界會毀滅七次。

兄長微微頷首。

「我認為這番話的確很有意義。不，是往後我多半會發覺這番話很有意義吧。」

「不愧是艾梅洛II世。即使在鐘塔的魔術師中，你在大多數情況下也是最快領會這件事的人物之一。」

「承蒙誇獎，實屬榮幸，但我大概只是缺乏自信罷了。我會輕易接受他人的話，是因為明白自己實力不足。」

「這正是促使世界變好的重要因素。你的影響力遠遠超出你的想像，你向世界投射的影子，會逐漸超越你人生的飛行距離。正因如此，你的老師白白喪命這件事也能說是有了意義吧。」

「別提肯尼斯教授。」

兄長第一次拉高了嗓門。

由於起身的動作太大，椅子往後倒下，發出巨大的聲響。

「……恕我失禮。」

兄長低頭道歉。

「不，是我踰矩了。就給你一個警告代替賠禮吧。」

翠皮亞舉起一隻手補充道。

「接下來你會被迫面對幾個決斷，雖然無法判斷哪個選擇更好，但你最好讓站上舞台的演員做好一定的覺悟。因為，你在這趟旅程中選擇的劇本，會決定你涉及聖杯戰爭的方式。」

「聖杯戰爭……！」

兄長發出呻吟。

沒錯，他是為此而來到這片墓地。兄長告訴我，他造訪這座村莊的目的是要取得在聖杯戰爭中獲勝的手段。到目前為止都不停測量萬象的翠皮亞會知道他的願望也不稀奇。

但是，決定涉及聖杯戰爭的方式是什麼意思？

還來不及解開疑問，場面就發生異變。

另一個人影從我們進來的走道現身。

「……你們為何在這種地方？」

我聽過那低沉的嗓音。

「嗨，貝爾薩克。你總是很準時。」

翠皮亞從披風底下取出古色古香的懷錶，淡淡地揚起嘴角。

5

「沒想到你們會去見他。」

貝爾薩克以苦澀的聲調開口。

這裡是緊鄰風車小屋的林蔭。

我們離開風車小屋後前來此處。

貝爾薩克僅僅和翠皮亞短暫地交談了幾分鐘，立刻帶著兄長與我走出風車小屋。

樹梢隨著午後的清風搖曳。

總之，我先暗中做起了呼吸法。

疲憊的大腦尚未恢復。明明只和那個人說了幾句話——大部分的談話還都交由兄長處理，疲勞卻牢牢地附著在骨髓深處。我有自信能跟鐘塔那些經驗老道的庸俗人物相爭，但那位阿特拉斯院的院長與他們截然不同。

這種體驗，就像我的認知、時間順序與現實整個都被攪拌過一樣。我不認為阿特拉斯院的成員每個人都像他那樣，假設若是如此，他們營運的社會會有多麼稀奇古怪啊。倒不如說，那還能稱作社會嗎？

貝爾薩克停頓了一下後發問。

「格蕾怎麼了?」

「她的母親來接她了。」

「這樣啊。」

貝爾薩克簡短地低語。

然後,他十分警惕地觀察我們的態度。

「首先,我想做個確認。」

他拋出話頭。

「昨夜,你們可曾走出那間小屋?」

「嗯?」

那是貝爾薩克一開始說明過的規矩。

兄長皺起眉頭反問。

「沒有,你禁止我們這麼做吧?這麼問是怎麼回事?」

「……………」

貝爾薩克沉默地來回注視著我們半晌。

他銳利的眼神比起烏鴉更接近猛禽。更具體地說,比起老鷹更接近貓頭鷹。那甚至感覺得到重量的目光,暗藏著幽暗森林的智慧。

當我抱著這樣的感想時，他緩緩地告訴我們。

「昨夜發生了一起事故。」

「昨夜？」

「有人在村子裡觸犯了禁忌。一旦有人觸犯，我就會得知。」

那是什麼機制啊？

不如說，他沒告訴我們這件事可真是壞心眼。他打算在我們觸犯禁忌時衝進來，擺出「嘿，我都看到了！」的態度嗎？

我也不由得粗魯地揮揮手。

「既然如此，趕快逮住犯人就行了吧？或者說，你想說是我們做的？」

「很不巧，這個機制沒有方便到足以得知詳情，始終只能知道有哪幾項禁忌被觸犯而已，希望你們把這當成是守墓人的權限。」

「守墓人的權限？」

這裡看起來沒有監視器那種現代產物，但哪裡算得上是平凡無奇的村莊啊？

（……是魔術之類的？）

若是如此，不清楚詳細情況，只會出現結果也很正常。

神祕就是這種事物。既然並非權能，神祕就有它自己的理由及邏輯存在，但那對於外人而言無疑幾乎是個黑盒子。

（倒不如說，我開始好奇為何會有那種規矩了。）

話說到這種地步卻純粹是妄想的可能性，也並非絲毫不存在。

說歸這麼說，考慮那麼多將會苦思無果，我暫時先從貝爾薩克說了實話的路線來整理思緒。

禁忌，那代表了貝爾薩克曾提及的四個行為。

亦即──

・有人並未向黑面瑪利亞祈禱就擅自進村嗎？

・有人單獨進入了墓地嗎？

・有人接近了沼澤嗎？

・有人深夜外出嗎？

其中的一條。

若想觸犯的話，輕鬆就能觸犯禁忌。

或許兄長也有同樣的想法，他也發問。

「這個村莊的居民，真的沒人會在深夜外出嗎？」

「幾乎不會，但並非一個也沒有。像是小孩子跑出去等等，偶爾會有人觸犯一條規矩……不過，這次是觸犯了兩條。」

若相信他的說法，那其中一條就是深夜外出。

因為不知道貝爾薩克是用什麼方法進行監視，所以這始終只是推論，但這代表有人深夜獨自進入了墓地，或接近了沼澤。

「……也有可能是外人在深夜入侵了村莊。」

兄長自言自語道。

啊，原來如此。在那種情況下也是觸犯了兩條禁忌。被鄉下奇特的規矩擺布是在推理領域及恐怖領域都用得上的舞台設計，但自己親身經歷起來可是相當麻煩。因為看不清其中的邏輯，那股毛骨悚然的感覺緩緩地壓上背脊。

貝爾薩克既未同意也未否認，目不轉睛地觀察我們。

「我再確認一次。」

他發問。

「艾梅洛閣下Ⅱ世，你說過你想借用守墓人吧？」

「是的，我這麼說過。與翠皮亞先生談過以後，我更是加強了那個念頭。」

「你跟翠皮亞談了什麼？」

「他告訴我，這個村莊的墓地是為了向某位死徒致敬而這麼命名的。視情況而定，那位死徒說不定會成為翠皮亞的同胞。以及，他前來這片墓地收集一點數據……談到了這些。」

我的兄長沒有躲避守墓人的目光。

雙方的視線於半空中交纏。兄長明明膽量不算大，我該稱讚他唯獨這種時刻會堅持到底呢？還是該罵他「還不快逃，你這個笨蛋」呢？意外的是，我心中也找不出答案。

「既然如此，剛才提到的禁忌也跟阿特拉斯院有關嗎？」

「無可奉告。」

貝爾薩克神情苦澀地搖搖頭。

就算這樣，兄長還是繼續追問。

「縱使你對阿特拉斯院的事無可奉告，但這片墓地的確很特殊吧？我尋求的是對付靈的專家(Specialist)。這十年來，我一直不斷在尋找因應特別強大的靈的措施。為了這個目的，我在君主的工作之餘抽空找遍了全世界，也有了幾分頭緒。儘管期待一再落空，我也認為這磨練了我的直覺。那個直覺正告訴我，線索便在此處。」

「十年嗎？」

「是的。」

守墓人以更強硬的語氣質問頷首的兄長。

「……你為什麼在尋求那種東西？」

「為了我個人的慾望。」

聖杯戰爭。

深深侵入兄長的內在，近十年來驅策他行動的魔術儀式。

可是，我也感到心頭騷動。

因為不久之前，翠皮亞剛警告過他。才剛初次見面的人對他說，在這個村莊做出的選擇，將決定兄長涉及聖杯戰爭的方式。

「唔。」

貝爾薩克摸摸斑白的鬍渣。

他指向村莊出口。

「請回吧。」

「能否懇請你重新考慮？」

兄長立刻提出請求。

「我十分清楚這個要求只圖我自己方便，突然前來的魔術師說出這種話，即使丟了性命也沒辦法抱怨。就算這樣，我也有非得達成不可的事情，而通往那裡的那條路一定就在你的手中。」

「……………」

貝爾薩克再度陷入沉默。

這次比起方才，又久了一點。

守墓人的目光自兄長身上轉開。雖然沒辦法直接看見，但我發現他的視線落往墓地的方向。他到底在那裡度過了多少時間？格蕾說她不曾走出這個村莊，他又是如何呢？

「……對付靈的專家嗎？你的直覺沒錯。」

他開口道。

不知怎的，那個聲音聽起來纏繞著某種類似疲憊的事物，如同放置太久的葡萄酒累積的沉澱物。

十年來，在鐘塔開設艾梅洛教室，被封鎖在君主的位置上，但依然擠出了少許的空檔走遍世界……兄長或許也感覺到了同樣的沉澱物。

一直生活在同一處的守墓人，與一直被同一個目的束縛的魔術師。

這兩人明明一點也不像，在某些地方卻又相通。

促使守墓人開口的說不定就是那種共鳴。

「對我們而言，她或許是最高傑作……但正因為如此，才不能放她離開村莊。」

「這……」

兄長在欲言又止半晌後拋出話題。

「這與那名女孩的相貌，酷似昔日不列顛存在的某位英雄有關嗎？」

他突然來了記大暴投。

相貌跟英雄相似？那是什麼意思？

就算長得有點像，究竟又和剛才的話題有什麼關聯？

可是，那記大暴投讓貝爾薩克出現了明顯的變化。他至今不曾改變的苦澀表情為之一變，重新直盯著兄長看。

「……你為何知道那種事？」

「因為她的那副容貌與我拜訪此地的原因有關。」

「…………」

貝爾薩克沉默了片刻。

那雙眸子映著兄長的身影，那貫穿他的目光強烈得近乎殺意。我不禁覺得，只要敢再越雷池一步，就算貝爾薩克舉起小刀刺向兄長也不足為奇。

幾秒鐘後，他放鬆力道。

貝爾薩克像在壓抑自己一般走遠了幾步，然後繼續道。

「我想知道詳情，只是不好意思，可以請令妹離開嗎？」

「唔，我──」

我很想大肆抗議，但貝爾薩克充滿力量的雙眸不容我拒絕。

這也代表兄長剛才的話就是發揮了那麼強烈的作用吧。

我不忘閉上一邊眼睛強調我的不滿，聳聳肩回答。

「是是是。那麼，我單獨先回到借住的小屋就行了嗎？」

「如果妳能這麼做，我很感謝。」

我聽到貝爾薩克的話以後點點頭，迅速轉身離去。

我向兄長揮揮手，走下山丘，思緒同時反芻方才的內容。

（……相貌相似是什麼意思？）

這座小村莊裡究竟隱藏了什麼？

吸引阿特拉斯院院長前來的祕密是什麼？與貝爾薩克所說的禁忌有何關連？這跟布拉克摩爾墓地，還有昔日滅亡的同名死徒有什麼關係嗎？

事情充滿謎團。

我的心情就像面對著塞滿謎團的潘多拉的盒子。

如果輕易碰觸，我將淪為散布災厄的愚昧女子（潘多拉）吧。那樣雖然感覺也很愉快，但想確保安全區域是人之常情。兄長對於準備安全區域滿不在乎，所以應該由我來著手。

可是。

就結果而言，那樣的安全措施沒有任何意義——

✦ 第三章 ✦

1

——於是，時間返回現在。

「嗯，安全措施沒有任何意義。畢竟我能訴說的範圍就到這裡為止。」

萊涅絲突然結束了話題。

當然，此處是艾梅洛的宅邸。

呈斜角射入室內的冬日陽光，一瞬間讓我頭暈眼花，感覺就像剛剛經歷過一場時間旅行，萊涅絲的敘述蘊含了如此驚人的力量。我記得傳承科（布里希桑）會模仿過去的吟遊詩人，也重視作為說書人的技術。

同時，我的雙頰也發燙起來。沒想到從他人口中聽到自己的事情，這麼教人精神疲勞。雖然可能顯得失禮，但我沒辦法直視她的臉龐，有好半晌都低著頭。

我深呼吸後，怯怯地問萊涅絲。

「呃……到那裡就結束了嗎？」

「因為兄長緊接著便將我送回了鐘塔，兄長可是對我擺出了不容分說的強硬態度喔。」

我明明準備了結界和延遲魔術等各種東西，結果統統白費了。不只如此，後來他本人一從那座村莊歸來，立刻表明要收妳當寄宿弟子云云，在艾梅洛教室也引發了一場大騷動。姑且不論學生，他以前從未收過寄宿弟子喔。」

她聳聳肩，憤慨地從鼻子裡哼了一聲。

實際上，我很少看到老師對萊涅絲行使權力。就連現在，我都懷疑耳朵是不是聽錯了什麼。

「…………」

無論如何，雖然到途中就唐突地結束了，但那是段很長的往事。

我低著頭沉思。

不只長，對我而言也是充滿了謎團。

例如，阿特拉斯院的翠皮亞是我也幾乎不曾接觸過的對象。當時我缺乏關於鐘塔的知識，絲毫沒認知到他是那樣的大人物。我的心情就像突然得知之前寄宿在隔壁的人是小國的總統一樣，試著盡可能去接受。

「——所以，我一直對妳很感興趣。」

萊涅絲托著腮幫子偷笑。

「雖然我一開始還以為兄長肯定又展現了他奇妙好好先生的那一面，或是終於有了心上人，但他的樣子跟那些情況甚有差異。他意外的是個不會背離身為魔術師的常識的男人呢。」

我能懂這番評價。

老師的鑑識眼光在各方面都打破常規，他身為魔術師的價值觀卻相對意外的正統(Orthodox)。不如說，我覺得正是那種價值觀將他固定在那個形態裡。因為老師作為無可救藥的解體者，同時又試圖徹底地當個魔術師。

然後，萊涅絲忽然抬起目光。

「試著想想，當時兄長應該打聽了關於妳相貌的事吧？」

「……！」

我一瞬間停止呼吸，觸碰兜帽內部。

「……先前，我們也談過那個話題吧。」

那是在雙貌塔伊澤盧瑪的時候。

在黃金公主與白銀公主一案時，我對萊涅絲也表明過，我的臉是向別人借來的。

萊涅絲僅僅沉默地傾聽了我的告白，不出言安慰也不追問。光是這樣，對我而言不知便是多大的救贖。

「那麼，我重新問妳。結果，後來發生了怎樣的事件？為何兄長會收妳當什麼寄宿弟子？」

「…………」

那個問題令我心頭發冷。

我一直逃避的事。想逃避的事。

自從來到倫敦後，我從不試圖碰觸的事。

我吸了口氣。我想要勇氣，至少，我想好好地對這個人說清楚。不過，到底該怎麼說才好？腦海中一直亂糟糟的，我勉強將一句話擠出喉頭。

「有人……死了。」

那句話使得萊涅絲皺起眉頭。

「有人死了？究竟是誰？」

「…………」

在沉默了幾秒之後，我擠出另一句話。

「……就是……我。」

連萊涅絲的表情也不禁僵硬了數秒。

托利姆瑪鎢一如往常地為我們斟紅茶。唯獨這一次，清爽的茶香並未慰藉我的心。

「我……在那個故鄉，那椿案件中……死去了。」

「妳說的不是『我彷彿死在那裡了』之類的比喻，對嗎？」

萊涅絲問道。

當我點點頭，她輕聲嘆息。

「那可真是相當複雜。妳過來找我詢問當時的事情，代表妳也尚未整理好對那樁案件的想法吧？即使如此，我可以再多打聽一些詳情嗎？」

「這個話題——能夠晚點再談嗎？」

「晚點嗎？」

「是的，等我從那個故鄉歸來以後再談。」

「唔。雖然很想同行，不過我現在若離開鐘塔，很可能會出問題……」

因為魔眼蒐集列車的善後工作也尚未完全結束，萊涅絲說道。

那也無可奈何，君主這個位置並非擺著好看而已。

有她作為後援，不擅權力鬥爭的老師才得以不時離開鐘塔也能順利無事。當然，艾梅洛派如果像其他派閥一樣確立了地盤則另當別論，但目前還處於被逮到一點破綻就很可能輕易消失的弱勢地位上。

依她所言，那就像在玩維持平衡的疊疊樂一樣，一下推那塊積木，一下又挪這塊積木，不時拆下積木，或是反過來強行堆疊。正因為有這種幾乎二十四小時不斷展開權謀術數的庸俗狀態，反倒才符合魔術風格。是否只有我這麼想呢？

萊涅絲輕輕戳了戳太陽穴後開口。

「但是，返回自己死去的故鄉，聽起來不會風平浪靜啊。」

「那個……我會設法解決。」

「妳一個人嗎？」

「我打算這麼做。」

我點點頭。

與偽裝者的戰鬥，令我切實體會到自己缺少的事物。我絕非想勝過她。對手太過強大、偉大，讓那種念頭顯得傲慢。就算她沒有名字，我也感嘆，原來在歷史上留下功績的英靈是如此強盛。

只是我也認為，若要再度與英靈對峙，我必須先直視自己的過往。

所以，我至今都在等著老師的傷勢痊癒。

儘管說是照料他的日常生活，但我也沒做到什麼大不了的事。就算這樣，突然離開的話，還是會為老師帶來不便吧。

「我打算立刻回來，請妳轉告老師。」

「嗯嗯，妳有打算回來就好。如果妳說出我們的交情到此為止那種薄情話，我可得哭著吃掉剩下的甜點嘍。啊，不，雖然派托利姆瑪鎢擒住妳也行，但她要對付妳有點不夠力呢。」

「這些話……說得意外的認真吧？」

「呵呵呵，真高興妳能理解我的想法。」

萊涅絲以拳頭搗著嘴角，愉快地揚起嘴角。

也許是覺得特別好笑，她的肩膀大幅顫動，但在不久之後，她用指尖擦擦眼角，神清氣爽地抬起頭。

「唉，我個人是很想顧及妳的意志，但應該沒辦法吧。」

「……為什麼？」

「不，那是單純的數字問題。一個人做不到吧？」

「一個人？」

我疑惑地轉頭望去。

因為響起了敲門聲。

相隔一會兒後，一個高個子人影鑽進敞開的門縫。我想起那頭眼熟的黑色長髮也是我今天早晨整理的。

「打擾了。」

「……怎麼了，老師？」

直到剛才，我還在說我要擅自離開鐘塔，這讓我低下頭，藏起尷尬的感覺。

相對的——

「……沒什麼。」

老師在那一瞬間含糊其辭，馬上重新面對坐在後方的人。

「萊涅絲。」

「嗯？有事嗎，我心愛的兄長？」

那個故意的稱呼讓老師不加掩飾地繃著臉，他如此提議：

「希望妳同意我離開斯拉一週左右。」

「哎呀，又要離開？你是不是缺乏當君主的自覺？唉，真傷腦筋，工作到現在都還堆積如山啊～」

萊涅絲裝出非常為難的模樣，轉動手邊的叉子。

當然，她這是在找麻煩。

老師應當也心知肚明。話雖如此，如果他的性格懂得無視的話，他也不會成為君主了吧。

「我會盡可能與妳保持聯絡。為了參加聖杯戰爭，我從以前開始就有自己的安排。雖然魔眼蒐集列車一事需要善後屬意料之外，但以妳的能力應該足以應付。」

「唔，感謝你給予我高度評價，但你不能多體諒一點可愛義妹過勞的狀態嗎？你也不願面對累得昏倒的義妹，哭著心想『如果當時對她多說幾句溫柔的話就好了』吧？」

「這樣的話，我也希望妳能體諒我。植物科的腸胃藥效果也是有極限的。」

「哈哈哈，或許在動手術時應該給你移植魔獸的胃——那麼，我可要問一下目的地喔。」

「……嗯。」

老師瞥了我一眼，認命地告訴她答案。

「我想與格蕾一起再度前往布拉克摩爾的墓地。」

＊

那句話令我不禁回頭。

「為什麼……連老師都……」

「我也沒想到，妳會跟萊涅絲談起同一件事。」

老師按住眉心，彷彿正忍受著頭痛，他應該聽見方才的談話了。他額頭的皺紋越來越深，讓我感到一絲心痛。

看到我們的樣子，萊涅絲從鼻子裡哼出一聲。

「唉，我有想過事情會變成這樣，所以不介意……我只能這麼說嘍。兄長，至少好好地向你的寄宿弟子說明吧。明明要一起去卻不解釋緣由，換作是學生的話，因為沒修學分而遭受斥責也是無可奈何吧？」

「……我原本就打算告訴她，只是稍微更動了順序而已。」

老師清清喉嚨。

「這麼做有幾個理由，但首先我想做個確認。」

「……好的！」

我與老師面對面。

我才剛說我要獨自回到故鄉的墓地，要我同樣回望老師讓我感到自卑，不過我設法鼓起心中那一點勇氣。

「我在從前帶妳出來時也說過，我邀請妳絕非基於無私的理由，而是從極度獨善的觀點，企圖將一無所知的無辜之人拉進我個人的戰爭中。」

「……是的，我聽過這番話。」

「別說保障安全，我連讓妳性命無憂都無法保障。雖然我承諾貝爾薩克先生會提供報酬，然而那種東西對妳來說沒有意義，只是聊勝於無吧。」

「是的。」

我也點點頭。

原來如此，在都會中生活應該需要金錢吧。可是——至少，在剛下山時，活下去並非我的目的。既然無論在何處倒下都無所謂，也沒有能打動心房的東西，報酬就毫無意義。

昔日的我，曾是那樣的存在。

昔日的我，接受自己作為那樣的存在。

「正因為如此，我想收妳當寄宿弟子。既然妳下山到鐘塔附近生活，我認為把妳與君主的關係公諸於世，是對妳最起碼的保護。妳可以取笑我居然用上了這種權宜之計。」

「……事到如今才說這種話也太晚了，老師。」

當我這麼回應，老師露出嚇了一跳的表情，但真的是事到如今才說這種話也太晚了。老師的作為，基本上都是一連串的臨場應付。由於身為魔術師的實力不足，他總是得借用別處的助力，但那種手段無法稱作正道或正攻法……不過，是臨時應付也好，還是什麼都好，只要能持續做到最後，就不應怪罪他。

我是從何時開始產生這種想法的呢？

「我所知道的老師總是積弱不振、竭盡全力、掙扎求生又不擇手段。所以，事到如今叫我取笑那種事，我也很傷腦筋。」

「妳該不會是受到萊涅絲影響了吧？」

「或許是吧。」

若是這樣，我很開心。

我忍不住露出微笑，老師小聲地嘆息。

「……唉，有人可以陪妳一起喝紅茶也好。」

隨著那句呢喃，老師瞥了萊涅絲一眼，她正故作不知地從托利姆瑪鎢手中接過剛烤好的司康。她將香噴噴的司康塗滿果醬，幸福地送入口中。

儘管我覺得在她眼前發生的對話相當重大，她碰到這樣的情況卻依然能像平常一般享用紅茶與點心，這應該是她獨特的長處。大概是。

「…………」

我不知怎的也恢復了冷靜。

要是她的好強與驕傲為我帶來了些影響，那就再也沒有比這更令人高興的事情了，我得以這麼認為。

所以，我抬起目光望著老師。

「我會跟隨老師，縱使這是老師的任性也無關緊要，我打從很久以前起就明白這一點了。所以，請告訴我老師想重訪布拉克摩爾墓地的原因。」

「……我知道了。」

老師也點點頭。

他停頓一會兒後，如此繼續道。

「那座村莊裡，說不定有關於哈特雷斯博士的線索。」

我未能立刻理解話中的含意。

當他同時提出我沒想到會有關連的兩件事時，我的思考徹底中斷。

「……為、什麼？」

「對了，希望妳不要誤會，我並非意指他就是案件兇手。伊澤盧瑪那一次也是，他多半涉入其中，但應該並非凶手……啊，不，那方面也必須說明嗎？」

「呃，如果是在成為橙子小姐報酬的咒體登場的地下拍賣會上，提供資金給伊澤盧瑪家的出資者可能是哈特雷斯這個假設，萊涅絲小姐已經告訴我了。」

「唔，是嗎？」

老師尷尬地撇撇嘴角。

然後，他像這樣詢問我。

「我們曾在那間風車小屋見過翠皮亞的事，萊涅絲也告訴妳了嗎？」

「……啊，是的。」

「當時我並未留心，但如今回想起來，他的措辭有點令人在意──他稱呼我是現代魔術科的新任君主。」

我記得在萊涅絲的敘述中，是這樣提到的。

──「好歹是現代魔術科的新任君主與院長相遇之處，舞台布景卻出了錯。」

因為是耳聞來的內容，我不清楚有多準確，但大致上的說法應該是這樣。

老師點了個頭後往下說。

「當然，若是那位阿特拉斯院的院長，掌握了什麼訊息都不稀奇。可是，我就任君主有七年了，刻意用新任來形容此一時期略顯微妙。還有，格蕾，客人大約是在多久以前住進那個風車小屋的？」

「呃……我想是老師來訪前的一個月前左右。」

雖然幾乎不曾直接碰過面，但貝爾薩克提過有客人來到了風車小屋。據說那位客人大約每過十到二十年會出現一次，我對於都市裡還有人有這種愛好感到不可思議，但如今想想，為何我沒有在那個階段多問幾個問題呢？

當時的我，對許多事都不感興趣。

不，不對。

我只是假裝不感興趣罷了。因為只要一心認定那種東西無關緊要，我就不必思考自己被關在這種偏遠鄉下，或是受到不合理的規矩和古老戒律束縛的事，那樣是最輕鬆的。

然而，後悔也無可奈何。

我將悔悟壓抑在胸中深處發問。

「那麼，那段期間……」

「對，哈特雷斯博士有可能在那一個月內，在那座山上與翠皮亞見過面。」

老師這麼說。

「當然，他們未必是在那座山上相遇的。翠皮亞的居住地點似乎並非僅限於阿特拉斯院，兩人也有可能只是在相對接近的時期，在那座村莊之外的某地相遇了。不過，這難以稱之為巧合吧。從哈特雷斯在魔眼蒐集列車上的發言來看，他好像從以前起便對我很感興趣。」

這的確不是巧合能夠解釋的。

阿特拉斯院的院長與鐘塔的君主在偏遠的威爾斯深山相遇，這幾乎是不可能發生的事。那位院長還在接近的時期碰巧遇見了上一代的君主，再怎麼說也太不真實了。

這樣的話，認為哈特雷斯也造訪過那座村莊還比較說得通。

不過，那究竟是出於什麼理由？

哈特雷斯的行動隱藏了什麼樣的Whydunit？

「…………」

我內心湧現來歷不明的烏雲。

我想像著遍布的蜘蛛網。雖然這是小說(Fiction)情節，但據說那位世界第一名偵探的勁敵，在暗地裡操縱了無數人，引出了符合他期望的結果，而我的心情就像自己在不知不覺間被那樣的對手給捕獲了似的。

「這個嘛，我不太認為他屬於那種類型的策略家。」

我表明心中的不安，老師則輕輕搖頭。

「從他至今的行動中可以看出，他的思緒的確明智，卻不迂迴。雖然不同於一般規格，但我反倒從他身上看到了積極的傾向與非比尋常的好奇心，否則在那輛魔眼蒐集列車上，他就不會觀察我們，而會選擇迅速下車。」

老師看穿了他在魔眼蒐集列車的目的是召喚使役者，而哈特雷斯也自白過，他明明只要達成目的就能迅速退場，卻因為想觀察老師而沒有離開。

的確，從這樣的行動來看，哈特雷斯性格相當積極。

「那為什麼……」

「……那是因為……」

老師欲言又止地搖搖頭。

「不，再說下去就變成在推論上疊加推論了。做出模稜兩可的推論還無妨，但堆疊好幾個推論來思考，只會增加錯過真相的可能性。」

「兄長，我可以插句話嗎？」

萊涅絲舉手。

「唉，我等就如同偵探大抵上的這種風格，採取了被動的態度，但我差不多想來個攻守逆轉了，這便是兄長想說的事吧？因為只要找到哈特雷斯的線索，說不定就能先發制人。」

「……沒錯。」

老師不情願地頷首，萊涅絲接著對他拋話。

「然而，我可不能就這樣默默地目送你們離開。格蕾是優秀的護衛，但面對哈特雷斯及偽裝者稱不上絕無疏漏。而且根據格蕾的說法，她來到鐘塔之際的案件並未徹底解決吧？」

「當然，正是如此。使役者強過魔術師，如果我再能幹一點，說不定就能更為活用格蕾作為對付靈的專家的能力……因此，這次我向費拉特和史賓求助了。」

「哦，向那兩個人？」

萊涅絲眨眨眼，以帶著一絲動搖的口吻道。

我也有點驚訝地回望老師。

「你會拜託學生，還真少見。」

「畢竟這是靠我無法解決的案件。為了萬全起見，只得忍受恥辱。」

老師別開目光憤慨地說。他應該格外不滿吧。

不過，唯有一件事，讓我覺得很高興。

老師大概記住了。

在上個月那起案件的最後，老師說過「希望妳和我一起戰鬥」。不只我，他也對費拉特及史賓提出了同樣的請求。我覺得他並非一時膽怯才違背原本的想法脫口而出，而是在深思熟慮，選擇信賴後才有所覺悟地提出這樣的請求，而我到了現在才將那句話深深地聽進心中。

「……你有什麼看法，亞德？」

平常應該會取笑我的亞德一直沉默著，因此我試著發問。

不過，匣子依然保持沉默。

他難得地替人著想了？或是還在睡？

（……亞德？）

疑惑一瞬間掠過腦海，但老師開了口。

「出發日期預定是後天，在那之前如果有什麼狀況，希望妳通知我。」

他用這句話做結。

2

兩天後的清晨於轉眼間來臨。

做完準備，幫忙老師收拾行李以及製作離開鐘塔期間的行程表，必要地進了食與睡眠之後，天就亮了……感覺就像這樣。

如同萊涅絲說過的一般，我們一大早搭乘火車，抵達首都卡地夫後又改搭巴士一路搖晃，從幾乎沒有其他旅客在的停靠站徒步登上山路。

走山路對於老師的雙腳來說依舊吃力，途中不時會穿插休息。

一想到這一點也和萊涅絲說的一樣，我覺得有點好笑。

「看啊，是神祕的沼澤吧！如果在恐怖片中，戴著曲棍球面罩的怪人就該登場了！手拿電鋸轟隆作響！按規矩果然是先從情侶殺起嗎？要動手的話用砍柴刀？還是小刀比較好？」

「那部電影裡沒用到電鋸吧？不如說，托利姆瑪鎢又學會多餘的台詞都是你搞的鬼吧？」

「管他是除草機或電鋸，用來殺人都一樣！而且能重現名言不是超棒的嗎！一定會流行！沒什麼意義地滿口說著電影及遊戲及動畫名言的人工智慧，在全世界的網路上橫行的日子也快要來嘍！」

「雖然魔術師這麼說怪怪的，但浪費科學也該有個限度吧？」

費拉特和史賓兩人在途中一直閒聊，費拉特一會兒笑著逃跑，一會兒又是史賓灌注魔力咧嘴亮出尖牙，進行各式各樣的交流。偶爾在場面太過熱烈，即將完全發展成魔術戰前，老師會出面介入。他們的感情似乎格外的好，我沒辦法融入當中，這一點有點可惜就是了。

應該說，只要我一靠近，史賓就會威嚇我，所以我無論如何都沒辦法與他們拉近那一點距離。遭到老師制止當然也是一方面，但他果然是在初次見面時沒對我留下好印象吧。我記得當時史賓張大嘴巴一直注視著我，唯有鼻子在抽動。我那時候的服裝的確土里土氣的，但有奇怪到要猛盯著看的程度嗎？

「……嗯嗯。」

我試著拉拉裙子。

萊涅絲以前替我挑選的這套衣服不適合在山上健行，不過走這點山路對我來說與平地無異。

這是第二次停下來休息，我轉向後方，老師正靠在樹旁。

明明應該很想大口喘氣，他卻緩緩地反覆深呼吸，這是因為想在我和學生面前充面子。以前我會對老師這樣的態度感到納悶，現在卻是感到親切更多。明明是同一件事，為何世界看起來會如此不同？

「……我覺得很不可思議。」

我說出口。

「不可思議？」

「是的，因為我從前不曾下過山。我作夢都沒有想過，自己會在下山後像這樣重返，更加沒想到自己會像這樣主動想要回來。」

我以盡量平淡的語氣說出感想。

否則，彷彿有某種情緒就要滿溢而出。

「謝謝。」

我低頭致謝。

「光是能夠在重返時並非只覺得痛苦，就讓我非常高興了。」

「……這本來就是為了我自己，妳沒有道理向我道謝。」

老師噘起嘴唇。

然後，他面露鬱色，有點難以啟齒地說：

「不好意思，得請妳改變相貌。」

「相貌嗎？」

「雖然只是純粹的幻術，但應付村民夠用了……當然，不是用我的術式，讓費拉特動手吧。」

當老師瞥去一眼，目光所及之處的史賓而非費拉特慌張地舉起手。

「不、不是由我來嗎，老師！」

「獸性魔術不適合這種技術吧。」

「不、不會的！我還學了除此之外的魔術！」

「你因為特化的獸性魔術受到評價才獲頒典位(Pride)，在目前的階段，沒有必要隨便接觸這一類技術，削弱你的特質。」

「嗚、嗚嗚嗚……」

史賓不知為何遺憾地垂下肩膀，他身旁的費拉特則滿臉得意地挺起胸膛。

這兩個人總是形成對比。明明無論性格或行動，連使用的魔術看來都正好相反，有時候卻相似得令人吃驚。或者說，任何人都是這樣嗎……我也能跟某個人發展成這樣的關係嗎？

「好，包在我身上！」

笑咪咪的費拉特毫不猶豫地觸摸我的臉龐。

「開始介入(Game Select)。」

隨著輕鬆的語氣，我總覺得有種如輕微電流般的能量啪哩掠過臉頰。如同電流，那股刺激只有短暫的一瞬間，相當於汽水的泡沫迸開一般。

然後——

「好，存儲狀況（Quick Save）。」

他拍拍手，將不知從哪裡拿來的鏡子轉向我。

「費拉特，幻術對鏡子無——」

老師說到一半軋然而止。

因為鏡中映出一張截然不同的臉龐。

「呵呵呵，我試著扭曲了周遭的光！家家戶戶都有鏡子吧，要施加幻術的話，要施在光線而非人身上才對！」

老師會陷入茫然，應該是費拉特如老樣子般不符常規的作為所致，但這一次他還沒告誡他，目光就轉回身上我眨眨眼。

因為我依然托著臉頰，僵住不動。

「格蕾？」

「……呃，妳不喜歡？」

費拉特有點擔心地問。

再過了幾秒之後——

「……不。」

我愣愣地搖搖頭。

「……不，只是覺得好厲害。」

「好厲害？」

「因為長相……不一樣。」

我觸碰著臉頰開口。

因為長久以來一直使我苦惱的事情在一瞬之間消失了。

「真的變得……不一樣了。」

我的聲音難以控制地發抖。

我覺得尷尬。

覺得丟臉。

然而，我卻感覺自由無比。

我明明想笑著說這沒什麼大不了的，情緒的反應卻很大。我不清楚這是否是歡喜，只是眼角止不住地滲出淚珠。

老師輕輕地碰了碰兜帽。

「我說過，別露出妳的臉吧。」

「是，非常抱歉……」

我用力擦去淚水，微微頷首。

「魔術還做得到這樣的事啊……」

「…………」

老師沒有對我說什麼。

取而代之，他輕輕地取下兜帽。

「今天妳不必遮住臉。妳除了兜帽以外的衣著比起在山上時改變了不少，直接穿去應該也沒問題。」

「啊，幻術是以衣服鈕釦為起點施展的，想解除時摘掉釦子就可以了。但如果妳在我不在場時摘掉釦子，我就沒辦法幫妳重新施術，要注意喔。」

「……好的。」

當我微微點頭，老師似乎也終於恢復了體力，撫摸著腰際抬頭看向接近山頂的村莊。

「首先，先去問候黑面聖母吧。雖然不知道是照什麼邏輯運行的，但若不這麼做，似乎會觸犯禁忌導致行蹤曝光。」

「不過，老師，禁忌本身也可能是虛張聲勢的謊言吧？」

「……不是。」

當史賓指出這一點，我搖搖頭。

「那是真的，因為從前我試圖靠近沼澤時，馬上就被發現了。」

「哦，妳從前意外的是個野丫頭啊。」

「……那時我迷路了。」

老師的話聽得我臉頰發燙。

事情發生在我的相貌變成這張臉之前。

當年幼的我在森林中迷路，害怕地待在沼澤附近時，貝爾薩克立刻趕來了。「因為村莊沒有遭到入侵的跡象，我想問題出在墓地或沼澤……」當時我瑟瑟發著抖，而貝爾薩克摸著我的頭這麼告訴我。

後來，時光流逝，我的長相變得與過去的英雄相同。我帶著對靈的恐懼離開村莊，而現在又重回故地。我和老師一起經歷過的每一樁案件，全是昔日的我無從想像的。

「對了，方便問一下嗎？」

史賓拋出話頭。

也許是受到老師告誡之故，他和我保持著一點距離，拘謹地這麼問。

「老師和格蕾妹……格蕾小姐離開那座村莊時，發生了什麼事？」

「你……」

我支支吾吾。

「……你聽說過多少？」

「我聽說……格蕾小姐死去的事件成了契機。」

原來如此，老師可能像萊涅絲一樣，告訴過他們先前的事。

的確，我想能有自信說出來的部分頂多就到那個範圍。我也並非所有場面都在場，但聽說過大致的概要。

「只說發生什麼事的話，那很簡單。」

老師從一旁插嘴。

「格蕾的屍體出現在教堂裡。」

「————！」

史賓面露愕然，費拉特興味十足地回頭。

我連忙揮揮手，否認一部分內容。

「當然，那不是我，只是長得很像我的陌生人。」

「長得像格蕾小姐的人？」

「……是的。」

替身的屍體。

不過，那到底是什麼？

至少，那座村莊裡發生了我不明所以的事情。

「緊接著，貝爾薩克便找我過去，將格蕾硬塞給我。他叫我馬上離村，再也不要回去，所以這次重返等於背叛了他的期待。」

我也記得當時的事。

老師和貝爾薩克在談完某些事情後分開，隔天早上他將萊涅絲先送回了鐘塔。

又過了一天後的清晨，眾人發現了「與我相貌相同的屍體」。

當然，此事在村莊中引起了很大的騷動。

當時的萊涅絲也發現了，我在那個村子裡處於特殊的位置。大致是這張臉——這副身姿與亞德導致的。正因為如此，貝爾薩克發現屍體後立刻找老師過來，要他帶我離村。

——「總有一天，妳應該去村外看看。」

他從以前起就那麼告訴我。

我絲毫沒想過那會有真的來臨的一天，但老師依照貝爾薩克的催促，帶我出了村莊。

所以，他放棄去涉入案件。

當然，老師並非偵探。他來到村莊，目的是尋找對付靈的專家——有能力與使役者對峙的布拉克摩爾守墓人。所以，在達成目的後不主動去解決案件也是人之常情。

相對的，我……

「……當時，我一定什麼也沒想。」

待在那座村莊的我幾近窒息。

越來越遠離原本自己的身體，以及擅自從我的樣貌發掘出神性的村民們，都讓我感到呼吸困難。

在那種情況下，唯獨老師願意厭惡這張臉，就如我眼中的光明。

可以跟這個人一起逃走也好，我不禁這麼想。

（……媽媽她怎麼樣了？）

——「妳替新來的客人帶路了吧？他好像叫艾梅洛II世先生來著。」

——「昨天怎麼樣？」

和老師相遇的第二天清晨，我與母親這麼交談。

那麼，對於我的死，她有什麼感覺呢？

她是否悲嘆？是否痛苦？或者貝爾薩克暗中告訴她真相了？當時的我，甚至沒有餘力考慮那種事。老師好像有著自己的想法，但因為我拒絕談論故鄉，他沒有設法出手處理。

正因為如此，才留下了禍根。

那座村莊裡可能有哈特雷斯的線索，就是這麼回事吧？我不知道翠皮亞做了什麼，可是那無疑與鐘塔及阿特拉斯院的陰暗面有關。

與從前我逃避的事有關。

「…………」

我觸摸臉龐。

剛剛費拉特施過幻術的臉孔。

在幻術底下——變得與過去的英雄一樣的臉孔。

還有半年前在那個村莊死去，與我相貌相同的少女。

由於案子實在過於怪異，過於奇特，讓我逃出那裡後摀住眼睛、堵上耳朵不去想。我打算遺忘往事，在那個都市生活。最初的兩個月，我想著該怎麼做，才能沒有痛苦地死亡。

沒想到，我會出於自我的意志想要回到村中。

前進的每一步都好可怕。

總是一直犯錯的我會不會再度犯錯？這次會不會波及我重視的人，引發無可挽回的狀況？我害怕著這些。

即使如此，我並未停下腳步。

我抿住嘴唇，牢牢地握緊雙拳，走著山路。

呈反方向走過從前僅僅俯瞰的道路。

（我想要勇氣。）

我心想。

讓我不斷踏出越發沉重的腳步的勇氣。

不光只有第一步，還足以將決心貫徹下去的精神（心）。

所以，我不經意地試著呢喃，想問問最親近的朋友。

「……亞德？」

他沒有回應。

只有鳥啼、老師與我的腳步聲傳入耳中。

覆蓋著固定裝置（Hook）的右肩沒傳來任何氣息，就像僅僅貼著一片虛空。

「亞德？」

在說不出來的恐懼驅策下，我稍微拉高音量再度呢喃。

「嗯～？」

這次，模糊的聲音響起。

「亞德……」

「咿嘻嘻嘻……哎呀，我好睏……」

匣子在右肩輕微地晃了晃。那種馬馬虎虎的態度，總讓我覺得很荒唐。雖然並未鼓起勇氣，準備放棄的怯懦卻也消失無蹤。

「……去睡吧。」

「我會的！」

聲音這次活潑地回應後，就此消失。

我的步伐變得輕快了點，就像有人從背後推了我一把，讓我登上昔日如逃跑般倉促奔下的坡道。原來知道自己不是獨自一人，那麼令人備受鼓舞。

「啊，是雪！」

費拉特指向天空。

白色的物體開始星星點點地飄落。

也許是在嗅著雪的氣味，史賓靜不住地吸著鼻子，依然神情不悅的老師只是瞥了一眼雪。至今看過許多次的故鄉的雪，那一天顯得特別雪白。

——可是。

我不可能想像得到，竟會有那種結果在等著我們。

3

在村莊前方，衝擊使得我停下腳步。

村莊有那麼小嗎？

村莊從前就是我世界裡的一切，這個地方現在仍跟我的根底黏連在一塊，應該一輩子都無法剝離。然而，試著重返後，我發現村莊實在太小，怎麼樣都與記憶中的地方不符。

（……不。）

我否定心頭的感傷。

（真的不符嗎？）

「……這是怎麼回事？」

老師也輕聲沉吟。

村莊變了。

變的不是建築，不是地形，不是風的氣味也不是光線的色澤。

「……一個人也沒有？」

沒錯。

連一名村民都不見人影。

這是個小村莊，但正因為如此，人人都忙碌地來來往往，沒有不必要的閒人。然而，在冬季的天空下，不見半個人走在村莊內。

我們實際抵達村中之後，同樣不見人影。

村莊裡以前常陪我玩的雜貨店爺爺與酒店老闆娘不在。

無論前往自家或墓地，母親和守墓人貝爾薩克也都不在。

進入教堂拜謁黑面聖母後，我們查看了地下室，但那裡也是一樣的光景。頂多只有擺在空蕩蕩的寒冷接待室桌面上的茶杯與餅乾盤，留下了不久前眾人彷彿共享過茶點的痕跡。

我們也沒有找到肥胖的費南德祭司，與不滿地跟隨著他的伊露米亞修女。

「怎麼會這樣……」

我渾身的血液彷彿為之凍結。

老師在我身旁悄悄地伸出手。

他輕輕觸摸了接待室桌上的茶杯。

「涼透了。據說瑪麗．賽勒斯特號上的紅茶還淡淡地冒著蒸氣。」

他如此低語。

老師輕描淡寫提及的船名，是至今仍然作為世界之謎廣為人知，所有乘船者在大洋中央突然消失的事件船名。那與村莊目前的狀況的確極為相似。

這次他又描摹盤子的邊緣，望著微微堆積的灰塵。

「自從他們消失後，看來經過了不少時間……話雖如此，村民們直到消失前，都處於能夠悠然享用紅茶的情況下。從其他住家來看，我也不認為是遭到某種天災侵襲。」

比方說，如果因為發生地震或暴風雨離村避難，應該會多留下一些跡象。

無論他們是逃出了村莊，或者，雖然不願想像……遭到未知的怪物襲擊，我都不認為村中會是如此平靜的狀態。

「史賓，味道方面怎麼樣？」

「完全沒有人類的氣息。」

金髮少年抽抽鼻子回答。

「只是……到處都傳來魔術的味道。」

魔術的味道。

那是什麼樣的味道呢？

在我對於唯有他才了解的感覺感到不解時，費拉特仰望接待室的天花板，轉動手指。

「嗯～魔力的流向確實不對勁。雖然魔力在山上容易變濃，但這裡的魔力比起濃密，更給我異質的感覺。怎麼說，明明必須確實流動，卻轉啊轉地畫著圓圈嗎？」

「與其說圓圈，不如說是螺旋吧？因為地點在山裡，那種情況比較常見。」

「不不，這是圓圈吧，沒有錯！是在同一處兜圈子喔無限循環喔在超級水管工遊戲裡大家玩到上癮的那個！」

「倉促做出結論可不好。而且，並非所有氣味都是一起流動的。此時需要的是對整體的正確理解，像費拉特你這樣想一躍觸及本質是錯誤的！」

「既然是本質，那有什麼關係！連日本動畫都總是說真相只有一個！」

「老師也經常說吧，只有在對方與術式正確運作的狀況下，直指本質才是正確答案。因為你自己不會弄錯就將其他事代入進去，未必毫無疏漏。碰到這種情況，應該同時觀察整體與部分加以確認。」

史賓和費拉特兩人進行種種討論。

老師在片刻露出了不可思議的眼神注視著他們。我覺得他的眼神看來有些高興，不知為何又有一點寂寞。

在討論在一定程度上進入最後階段時，他一拍手掌。

「暫時到此為止。線索太少了，在這個階段，就算你們一再堆疊假說也只會搞得一頭霧水吧。」

老師指出這一點。

或許是兩人都有此一自覺，他們聽到後沉默不語。

接著，老師微微瞇眼。

「集體失蹤案嗎？簡直像《一個都不留》啊。」

他說出古典推理小說的標題，小聲地嘆了口氣。

這也無可奈何，我們原本是來將從前的案件做個了結的，卻被捲入了新案件當中。我也不明白究竟發生了什麼事，除了驚慌失措外什麼也做不到。

（……大家……為什麼……）

他們是消失在雲層中？還是鑽進地下了？

我難以接受自己故鄉面臨的異常狀態。這裡無庸置疑是我出生成長的村子，景物和記憶中毫無不同，卻僅僅失去了村中的人們，這個欠缺無法填補。

我的呼吸變得又快又急。

我感到胸口發痛，彷彿隨時會昏倒，僅有愚不可及的思緒盤旋加速，令我心中焦灼不已。

忽然間，帶著異國情調的香味溜進鼻腔。

不知不覺間，老師抽起平常抽的雪茄。

只是聞到這股菸味，我就奇妙地冷靜下來，真不可思議。

老師緩緩地抬起夾在手指之間的雪茄。

「我們兵分二路吧。」

他如此提議。

「兵分二路？」

「對。既然村民們全體失蹤，我們一起行動也可能會遭受同樣的下場，那不如一邊定期用魔術聯絡，一邊分別行動來得好——史賓、費拉特，可以拜託你們查出這周遭魔術上的要素嗎？」

「我和費拉特一起嗎？」

史賓的表情展現出他覺得受到老師請託深感光榮的喜悅，以及對「我非得和費拉特一起嗎？」感到很麻煩的複雜心聲。

「費拉特單獨去的話，調查結果全會變成他當時的心情以及莫名其妙的戲言吧。就算不是在這裡，跟得上他的人也頂多只有你。」

「這樣大力誇讚我，我會害羞的，教授！」

「住口。」

「好痛——！等、等等，教授！」

老師立即以經過「強化」的熊爪招式拎起費拉特的身軀。他揮動飄在半空的雙腿掙扎著……只是，唯有這次，史賓顯得表情僵硬。

「老師……一定要這樣分組嗎？」

「嗯？這是什麼意思？」

「不，我覺得老師應該也能理解費拉特所說的話……啊，不，可以的話我當然也樂意跟老師一起行動，才不想將機會讓給費拉特！」

「也就是說，你要和格蕾搭檔尋找線索？」

當自己的名字被說出口，我的心頭猛跳了一下。

被指出這一點，史賓也在瞬間慌張得暫停呼吸。

他屏住呼吸，慌亂地來回看著我和老師，整張臉直到耳尖都漲得通紅。不知是出於什麼道理，連那頭金色捲髮都跟著搖曳起伏，像靜不住的狗耳朵般拍打著。

「……不好意思，光是想到要和我搭檔，你就覺得不樂意吧。」

「啊、咦？不是的！那個！不是、那麼回事！」

史賓嘟囔著什麼。

在教室裡口才數一數二的他會變得如此結結巴巴，代表和我搭檔令他深感困擾吧。雖然無可奈何，但我總覺得有點寂寞。之所以沒感到悲傷，是因為我信任史賓應該並非打從心底厭惡我。

老師在思考幾秒鐘後搖搖頭。

「很可惜的是，我不能選擇那個方案。你的鼻子與費拉特的魔術最適合用來尋找線索。至於尋找村莊裡殘留的痕跡，由之前來過村莊的我與格蕾搭檔也是最適合的。」

「……老師說的沒錯。」

史賓微微垂下肩膀。

「不過，我明白你的顧慮，我們頻繁保持聯絡吧。要管好費拉特雖然很困難，但只能靠你了。不好意思，希望能拜託你幫忙一會兒。」

「……！好的！包在我身上，老師！格蕾妹妹！別說幫忙一會兒了，多久都沒問題！」

金髮少年臉上迸出光彩，勇敢地拍拍胸膛承諾。

不過……

「──教授！要講那麼好聽的台詞，就解開熊爪讓我也一起加入嘛！說你很倚重我之類的盡情稱讚我！」

依舊被拎在半空的費拉特，說話聲聽起來糊成一團。

4

史賓．格拉修葉特自以前開始便是「異質」的。

不是因為他在艾梅洛教室內，以最年輕在學生的身分取得典位之故。若是那種情況，應該不痛不癢吧。可以在鐘塔接觸許多魔術，對少年而言總是愉快，雖然無法像上一代艾梅洛閣下那樣驚人地習得其中絕大多數的魔術，他也以自己的方式掌握了新的見解。

在獸性魔術每次更上一層樓時，史賓也隨之改變。

沒錯。

他在改變。

到頭來，獸性魔術是改造自己的魔術。魔術迴路自是不用多說，就連相連的神經、肌肉、骨骼也在改變——這是現代科學中不可能發生的情況。他甚至能感覺到——連大腦都從新皮質和舊皮質開始逐漸被替換。

史賓已經不記得當時的心情了。

是恐懼嗎？還是喜悅？他只記得自己曾經痛哭，卻跟情緒絲毫連結不起來。流淚是悲傷的表現，還是欣喜的表現？從前的自我遭到徹底攪拌後模糊不清地遠去，「史賓．格拉修葉特」這個存在漸漸淪為純粹的記號。

沒錯，記號。

（……只是一張用來區分的名片(Tag)吧。）

史賓靜靜地想。

沒有那以外的意義。據說絕大多數的魔術師，都從接受了魔術刻印的那一刻起，便接納了自己被遙遠先祖的指向(Vector)吞沒一事，但史賓的情況遠遠更加熾烈。

更加單純。

更加無可救藥。

因為在路程的終點，他甚至不是人類了。

他不覺得難受，沒有餘力思考那種念頭，在查明他即使接納獸性魔術也沒有精神崩潰之後，史賓的身體被施加了許多術式與實驗。他或被剝下背部皮膚，確認再生能力，又或是手臂被放進沸騰的熱油中。現在的史賓連自己是否曾在每一項實驗中感到痛苦都分不清了，若是徹底淪為野獸的自己，甚至可能為此感到快樂。

早已被剝奪理智的野獸，跟魔術師已經相距甚遠了吧。

前來鐘塔遇見艾梅洛II世一事之所以讓他得到一點救贖，多半是因為那個人正確地理解了史賓。艾梅洛II世以正確的方式保護了異於普通魔術師，僅僅是魔術之容器的史賓．格拉修葉特。

史賓沒來由地厭惡比他略晚加入教室的費拉特，也是基於同樣的原因。

從初次見面時開始，那傢伙的味道就告訴史賓，他和自己同樣超出常規。他一定打一開始便知道，費拉特是絲毫無法與他人妥協，過度的合格品。正因為沒有任何缺陷，才無法與他人（不需要他人）互相理解，他們兩個早就已經放棄了。

（……所以……）

所以，格蕾的味道對史賓來說很特別。

不是人的味道，甚至不是魔術師的味道，那股由遠方的某人製作而成——淡淡的冷香，令少年感到安心。

說不定只是純粹的憐憫。

說不定只是近似於自戀的醜陋感情。

然而，他第一次像這般愛慕某個人。史賓記不清自己有多少次被那種彷彿直接觸及腦內的香氣吸引，在不知不覺間追逐著她。

在這片土地上，他有種被她包在掌心裡的感覺。

「……簡直像置身於格蕾妹妹體內一樣。」

「嗯嗯？小格蕾？」

當史賓悄然低語，走在前方的費拉特回過頭。

此處是一片鬱鬱蒼蒼的森林。

環繞村莊周圍，連白天也顯得陰暗的地帶。與艾梅洛II世他們分開後，兩人踏入村莊北側的森林內。零星的細雪還在下，不時從枝葉縫隙間落下。

費拉特朝冰涼的指尖呼氣，無邪地繼續說道。

「那尊黑面聖母，是不是跟小格蕾有點像？」

「世上不存在什麼長得像格蕾妹妹的人。如同老師是獨一無二的偉人般，格蕾妹妹也是絕對之美的化身。」

「嗯。我很了解狗狗你的心情！這個在日本叫ＭＯＥ（萌）或是ＷＡＢＩ－ＳＡＢＩ（侘寂美學）之類的吧！那麼，我們這次要從哪裡開始調查？」

「就說是沼澤了。」

史賓一臉傻眼地回答。

他們打算前往最大的要害之處。

「這座村莊的異常顯然是從那裡開始的。老師他們為了保險起見應該避免觸犯禁忌，但沒必要連我們都照做吧？」

「哎呀～這村莊真有意思！各方面都亂七八糟的！」

費拉特笑咪咪地說。

唉，他也不得不同意那個意見。

「無論再怎麼想，這座村莊裡奇妙的造作之處太多了。」

史賓也做出結論。

「首先農耕地太少，不足以維持村莊運作。既然無法自給自足，應該是從以前起就依賴周邊的聚落運輸糧食過來，但若是如此，這座村莊必須有值得周邊聚落那麼做的價值吧。村子在經濟方面看來並不富裕，所以應是信仰的力量所致。」

「你是指布拉克摩爾墓地與那尊黑面聖母像嗎？嗯～也不是沒有可能，但那樣的話，這裡在一般社會上的知名度會更高一點不是嗎？」

「我只是說有那種可能性。換成老師，想法或許會更加詳盡——不，想必深入到我這種人沒辦法達到的深淵了。」

史賓微微眯起眼眸。

雖然不清楚煞有介事地連連點頭的費拉特明白了多少，總之這樣比獨自思考更容易歸納思路。

「小格蕾好像受到村民們崇敬耶。那麼，你認為那也有關連嗎？啊，你該不會是因為小格蕾可能會在意，才沒說出剛才那番話吧？小格蕾在那方面看來也是難以啟齒的樣子。」

那句話令史賓詞窮。

他的這位同學有時會發揮敏銳的直覺。他在魔術相關事務上總是這樣，對於人際關係也是如此。明明完全不理解細微的微妙之處，卻偏偏只觸及本質。該如何評價這種人呢？

少年認命地垂下肩膀。

「……沒錯。因為在前來村莊的途中，她也一直散發著悲傷又稀薄，彷彿要破碎的味道。」

「狗狗你從以前開始就很關心身邊的人，關心到對我抱著戒心！」

又說得好像他很了解一樣。

史賓忍不住想鬧彆扭，可是這個人似乎不會給他機會。

「都告訴過你別叫我狗狗了！」

史賓咬牙切齒地說，然後抽抽鼻子。

「的確有一股奇特的味道。」

他喃喃地說。

他並未停步。

少年保持著幾乎相等的速度不停向前走，無論是凹凸不平的地面或穿出樹叢的灌木枝，似乎都完全不成阻礙，跟隨著他前進的費拉特也是一樣。

「每一片土地的味道都不同，也和鐘塔同樣有著濃密的魔力。不過，此處的魔力特別扭曲，明明黏稠濃郁，在我試圖聞時就會立刻消失，宛如一條明明黑漆漆的卻又才剛洗好的床單。」

「史賓你的說法還是老樣子——非常簡單易懂！好像第一人稱射擊名作的教學關卡一

樣！」

費拉特拍了拍手。

這段對話讓人不禁想吐槽，而他們的交流總是如此。

兩人在沒有路的森林中撥開樹叢前進，史賓突然以下巴示意。

「在那邊，看得出來嗎？」

「嗯，嗯。我當然看得出來。」

費拉特點點頭，一臉什麼都知道的樣子。

他瞇起眼睛，掌心倏然接近地面。他並未碰觸地面，讓手掌保持離地面幾公分的距離平行地劃過。

「有結界。哇，很古老耶，連在鐘塔都很少看到那麼古老的。」

「解除工作交給你了。」

「好好好——開始介入。」

費拉特轉動手指。

他的手指複雜精妙地揮舞著，構成某種圖形，但史賓知道這部分全是即興表演。費拉特的魔術式幾乎統統是以他在現場的心情來組成。一般而言，那種魔術不可能成立，而能輕易地如此實現魔術，正是費拉特·厄斯克德司身為異端的緣由。

類似於史賓的獸性魔術，這種類型的存在方式就連在鐘塔也太過罕見。

在他倏然抬起目光時，異變發生了。

宛如本來便存在一般，前方出現一條通向森林的小徑。

「這是影響認知類型的結界。喏，觀測完畢（Game Over），我們快走吧。」

費拉特抱著要去野餐般的心情，哼著歌奔向小徑。

史賓跟在後頭，立刻開口。

「這下，立下不准前往沼澤的規矩的原因很清楚了。」

他呢喃道。

「不是因為有人前往沼澤會很麻煩，是因為村民們原本就無法抵達沼澤。」

「啊，因為若有人發現他們無法抵達沼澤的話就麻煩了，所以立下規矩不准去？原來如此，說得通！」

這也是某種Whydunit吧。

關於為何立下規矩一事。

這個村莊的沼澤顯然隱藏了某些事物。有人為了保密，不惜使用神祕設下了屏障。那麼，前方到底有什麼？村民們突然失蹤的原因為何？

費拉特在途中突然停下腳步。

「哎呀，還有耶。」

「戒備真是森嚴。費拉特，照這個味道判斷，我看在附近的傢伙是傀儡吧？」

「嗯，是一不小心接觸，就會自動反擊的攻擊性屏障(Black Ice)！因為突破了第一道結界，對方打算殺了入侵者。」

費拉特再度以手指畫出圖樣，俐落地解除魔術。

然而，這次他沒有一次搞定。

「——哈啾！」

手指隨著一聲噴嚏鬆開。

霎時間，連結樹木與樹木的光芒迴路出現，在半空中膨脹的結點朝兩人射出箭矢。精心打造的咒術，密度已達到對付猛獸也必能致命的領域。

「蒼白的死(Pallida mors)啊。」

剎那間，史賓張口詠唱咒語，長長的半透明觸手從他背後飛出來，擊落所有光箭。

「啊，剛才那個是新招式？」

「主要是我的尾巴的印象。受到冠位魔術師刺激的人並非只有你而已。」

「啊哈哈，橙子小姐的飛踢可真厲害！」

「這時候會想到飛踢的人只有你！」

無視於史賓的抗議，費拉特解除了剩餘的結界。

遇上這兩人，所有門扉彷彿都會主動打開。

可是。

即使如此，這次或許還是太遲了。從他們抵達村莊的時候開始，對手就已然張開了血盆大口。哪怕是這兩個天才問題兒童，他也不容他們輕易突破關卡。

那股殺意化為形體。

「……在裡面。剛才的攻擊只是警告嗎？」

史賓呢喃。

費拉特看來也發現了。

他們從布拉克摩爾墓地西側繞過來，向沼澤前進。沒有行經墓地，是因為就算要觸犯那些規矩，他們也不想一次就觸犯數條，但這個選擇是否正確則不得而知。

與少年們相仿的形體從森林陰影處分離出來。

「──嗯嗯嗯？這是自動防衛機制嗎？」

費拉特皺起眉頭。

「…………！」

史賓呆立不動。

影子緩緩地走近。毫不猶豫，毫不遲疑。

「狗狗？」

史賓驚愕到沒辦法再次對費拉特所用的稱呼提出抗議。

那是一個人影。

身材嬌小，戴著壓低的兜帽。

而那雙熟悉的纖纖玉手，握著巨大的鐮刀。

*

老師與我登上山丘。

在緊鄰村莊的南邊，即使居民們消失，風車也依然故我地轉動著。風車在摻雜細雪的寒風中發出悶悶的嘎吱聲，看來也如睥睨廢墟的獨眼巨人。

此處是風車小屋。

在小屋前方，我隱約理解了。

「……老師和他們兩人分開行動，是因為打算前來這裡嗎？」

「我認為兵分兩路是最好的解答。」

老師一臉不高興地說。

「只是若有萬一，我想避免那兩個傢伙見到翠皮亞。我無法預測那會引起什麼化學反應。」

老師的說詞的確並非謊言。

正因為老師的說法合理，史賓才會接受。

不過，理由絕非僅止於此。

「老師意外的對他們保護過度呢。不如說明明都帶他們到這裡來了，你還真是不肯放棄。」

「這個我有自覺，別提了。」

老師掠過苦澀的聲調，聽得我不禁微笑。

「我原諒你……因為你有好好地帶著我同行。」

「沒有妳在場，我會死。」

「是的，你有此自覺就好。」

我們是從何時開始變得會像這樣對話的？

老實說，我害怕得想叫出聲。故鄉的眾人全部下落不明，不是什麼能夠輕易接受的狀況。正因為如此，我很慶幸可以像平常一樣只專注在保護老師這件事上。

我暗中調整呼吸。

謹慎地打開風車小屋入口的門扉。

屋內正如萊涅絲的描述，有奇特的水晶機器閃爍生輝。那裡宛如神祕的洞窟，以光作為通訊媒介的水晶群，在我們眼中，比起機械更接近潛伏在未知世界的生物。

不過，讓我與老師僵住的原因在於屋內深處。

「哎呀呀，沒想到當守墓人的女孩居然會主動歸來。」

沉穩的聲音迎接我們。

我聽見老師吞了口口水。

當然，他應該預測過這樣的場面。可是，預測與現實不同。當想像過的情況出現在眼前，還是會不由得大受衝擊。

「……老實說，我沒想到你還會在此處，雖然我是想著若有留下一些線索那也不錯。」

「有那麼不可思議嗎，君主？」

對方低聲發笑。

他帶著淡淡的葡萄酒香。

作為這種窮鄉僻壤的登場人物，那種葡萄酒也好，連材質都不確定的華麗披風也好，實在都過度高級了。

「啊，這樣嗎？村民們應該全都消失了。難怪你會覺得我獨自留在此處很不對勁。」

阿特拉斯院的院長——翠皮亞．艾爾多那．阿特拉希雅緩緩地頷首。

5

「——嗯嗯嗯？這是自動防衛機制嗎？」

連費拉特的話語都從史賓的意識中淡去。

那個手持大鐮刀的人影實在太過酷似他認識的人。同時，也太過吻合自從他聽說在村莊裡發生的案件後就想過的猜測。

「格、蕾妹……」

黑色的鐮刀高舉在茫然呆立不動的少年面前。

鐮刀一閃揮落，穿過沒有反抗的少年頸部。

正如字面含意般，穿了過去。

「……剪影？」

至少那並非實體。

就在揮落鐮刀後，影子也如同融化般消散，森林裡只剩下史賓和費拉特兩個人。

「狗狗！你在幹什麼！」

「你問我在幹什麼……不，等等，你看見了什麼？」

「咦？我只看見模糊的影子啊。話說，狗狗你一直僵著不動，嚇我一跳！那個影子又消失了！那是什麼，好像《第六感生死戀》！」

這代表史賓與費拉特所見之物，本身就不一樣嗎？

那道幻影究竟有何意義？

「更重要的是，看那邊！」

費拉特指了指。

那是沼澤所在的方位。

異常的臭味刺激著他們的鼻子，連一路以來識別過的氣味比狗還多的史賓，也是第一次聞到這種臭味。

白色的霧氣立刻湧現。

不，那不是霧。

「亡靈……！」

兩人發出呻吟。

然而，他們不曾見過規模如此龐大的靈群。這與從前艾梅洛II世在剝離城阿德拉遭遇過的情況頗為接近，但史賓與費拉特沒有在場經歷過。

「狗狗，輔助我！」

費拉特舉起手指。

史賓也將精氣灌注在少年當場創造出的魔術式上。在盡可能提升了強度的半球形魔力罩覆蓋下，亡靈的海嘯吞沒兩人。

「這是……」

「不不不，這個好厲害！好像在搭雲霄飛車！不過，那群亡靈……簡直像是要逃離某個地方……」

費拉特往海嘯深處望去。

總是閃爍著好奇心的眼眸，甚至在這樣的狀況下也閃閃發光地直直注視著森林深處。他直盯著在應該是沼澤所在方向處盤旋扭曲，不斷躍動的魔力。

「好厲害！第一次看到那麼濃密而纖細的術式！我一點也搞不懂那是怎麼成立的，太棒了！快來一起看啊！狗狗！」

「啊啊～可惡，別探頭離開自己的結界，笨蛋！站在我這個輔助者的角度想想！不如說，你靠近那種刺刺麻麻的氣味想幹什麼！乾脆去死吧，笨蛋！」

史賓一手抓著費拉特的腰帶，拉住隨時可能衝出去的他。

但是，在這種情況下，他或許是白費力氣。

「啊、啊、啊，有東西動了！」

就在費拉特吶喊之際——

某個事物歪曲了。

*

「翠皮亞……先生……」

我擠出聲音說出那個名字。

換成平常，我應該會把這種問答場面交給老師處理，唯有這一次忍不住主動開了口。

這是因為事情發生在故鄉的緣故嗎？

「唔，在這個模式之下，我也有幾次曾託妳傳話與搬運器材吧。不過，大多數情況下都是貝爾薩克先生來做的。」

「請回答我。」

我接著說道。

「這裡發生了什麼事？」

「發生了什麼事嗎？」

翠皮亞的聲音聽來有點遙遠。

「這個問題沒有問錯，卻不怎麼好。劇本中應詢問的內容應該圍繞主題。我要說的並非主題很重要這種陳詞濫調，而是要陳述一個單純的事實——故事的要素是以主題為中心安排的。」

「…………」

冗長的台詞讓我胸中一角發出哀鳴。

那不是焦躁，不同於恐懼，是眼前之人過於隔絕於常理的感覺。就像發現了以為是人類而交談的對象實為精緻的人偶，以為是哺乳類的對象實為昆蟲一般。

我面對魔術師時總會有這種感覺，但這個人和每一個魔術師都不一樣。

他與我勉強快要習慣的鐘塔魔術師們是完全異質的存在。

「我在這個前提上答覆妳吧。曾在此處的，純粹是個古老的契約。」

「契約？」

「在我成為院長之前，於久遠以前訂立的契約。啊，難得妳重返此地——我就多談一點內部情況吧。」

翠皮亞的目光轉向老師。

「你好歹是個君主，當然知道阿特拉斯的契約書吧？」

「你是指那七份相傳散落於世界各地的契約書？」

「沒錯，七份契約書。只要有人發動契約，阿特拉斯院就必須提供協助。」

翠皮亞淡淡地說。

我不熟悉魔術的內部情況，但明白這件事十分重大。

阿特拉斯院必須遵從的七份契約書。舉例來說，若將阿特拉斯院一詞替換為鐘塔，我無從想像那個效力可能會造成多嚴重的狀況。除了老師以外，我見過的君主只有三大貴族之一的巴爾耶雷塔閣下，那種等級的人物若遵從契約提供助力，會在世界上造成多大的影響？

萊涅絲不是說過嗎？

——別解除阿特拉斯的封印，世界會毀滅七次。

老師在相隔一會兒後拋出話頭。

「我就直截了當地問你。事情與哈特雷斯博士有關嗎……？」

「哎呀，哈特雷斯博士嗎？」

翠皮亞的指尖滑過一旁的桌子。不知是水晶或什麼物體，發出堅硬的鏘鏘聲。那道聲音悅耳又顯得寂寞。

「我的確與他做了交易。」

「——！」

老師猛然握緊雙拳。

「他現在人在哪裡？不，哈特雷斯是出於什麼動機接觸你的？」

「哎呀，你的問題變得相當直接呢。原來如此，雖然範圍與我仔細檢查過的部分不同，但他在接觸時似乎給你留下了深刻的印象。」

「可以請你回答嗎？」

老師逼近他，表情忽然一變。

水晶再度發出聲響。

共鳴並未到此為止。聲響重重迴盪，彷彿包圍著我們一般響遍周遭。那就像聲音的結界，連鎖的聲響對我們窮追不捨，翠皮亞緩緩地抬起頭。

「啊，啟動了。這座村莊裡，有阿特拉斯的兵器。」

「————！」

我暫停呼吸。

老師也瞪大雙眼。

「阿特拉斯的七大兵器，其性質為重演，對我來說也非常熟悉。雖然並無正式名稱，但我們稱它為理法反應（Logos React）等等。」

「……你說、什麼？」

「我在說明情況啊，艾梅洛閣下II世。這些全都是你想問的事。」

「…………」

跟萊涅絲說過的一樣，一切都被對方搶先一步，僅僅被告知了核心部分的感覺。

翠皮亞的話明明全都莫名其妙，我卻不由分說地被迫理解到他正在談論極其重大的事實。啊，如果不怕誤會地打個比方，這種心情就像突然有人告訴我核武的存放地點及啟動密碼一樣。

對方的態度太過輕鬆，活像在說我請妳吃一頓炸魚和薯條吧似的。

「那是……」

面對支支吾吾的老師，翠皮亞深吸一口氣。

他張口如雪崩般無休無止地發出一連串的「聲音」。

「迴轉吧——」

空虛地迴響的聲音無機又沙啞不堪，無法想像那是出自人類的咽喉。

恰似故障的音樂盒，專注得幾近瘋狂。

恰似已絕種的野狼的長嚎，滑稽得無法復原。

「把過去變成現在，現在變成過去，顛倒迴轉吧迴轉吧迴轉吧迴轉吧迴轉吧迴轉吧迴轉吧。」

翠皮亞說到此處，揚起嘴角，動作誇張地鞠躬。

「總之，這純粹是可能性的殘渣。與依世界的選擇而定，理當在瓦拉幾亞淪落的我相似，卻有決定性差異的現象之一……喔，對了，也可以仿照遠東的神祕，稱作災厄之夜嗎？」

他彎起形狀端正的嘴唇。

視野隨之同樣扭曲。

老師也單膝跪倒，證明並非只有我受到影響。整個世界的光引起光暈，同時與黑暗混淆，一切事物皆如我從前見過的遠東水墨畫一般漸漸扭曲成黑白。

「翠皮亞！」

老師納喊。

豈止神經，就連魔術迴路也被扭曲吸納，而無法正常運作。

視覺與聽覺與嗅覺與味覺與觸覺都無法捕捉到任何正常的資訊。我是朝天空落下的鳥，是即將孵化為幼蟲的蝴蝶，是凍結所有觸及之物的火焰。

「——沉溺於夜晚吧。」

翠皮亞的聲音傳來。

「你最好探索非屬真實的虛構。追尋你應當解開的虛構謎團吧，那正是你抵達出口的唯一方法，艾梅洛閣下II世。」

6

——編碼：理法反應，重新輸入。

——歪曲固定值：B。

——摘除期間：■■■■■■■■■■■

——■■■■■程式開始。開始變換對象。

——全行程，完成（Clear）。阿特拉斯的——

我彷彿聽見聲音。

那是我終究無法理解，比起聲音更直接的「資訊（Code）」。

回過神時，我躺在柔軟的床鋪上。

「這裡……是……」

我的聲音十分含糊。頭好痛。

我搖搖晃晃地爬起來，一如往常地下樓來到一樓客廳。

「早安，格蕾。妳沒睡好嗎？」

好奇怪。

身體告訴我事情不對勁。

世界很明亮，與生理時鐘不符。而且，這溫暖的氣溫又怎麼說？先前飄著的雪不知跑到哪裡去了，天氣好得只要稍微做些運動就會冒汗。

（初夏……？）

那樣便說得通了。但是，不可能有這種事。

「格蕾？」

啊，對了。

這裡是哪裡？

直到剛才為止，我應該在和老師一起與翠皮亞對峙。雖然阿特拉斯院的院長這種怪物實在不是我所能理解的，即使如此，我應該依舊下定了決心一定要保護老師才對。然而，現在的我……

「格蕾，妳是怎麼了？」

廚房再度傳來傻眼的語氣。

多麼耳熟的聲音啊。我明明早就發現了，表層意識卻無法接受。我的大腦無法相信自己的感覺器官。我不可能相信，這樣的季節與這個對象，還有這種組合。

「呃……為什麼……這裡是……」

「妳在說什麼？」

我聽見沉穩的笑聲。

「這裡不是妳家嗎？妳還沒睡醒嗎？」

對方拿著剛出爐的麵包，從廚房現身。

啊，我認識她。我比任何人都更熟悉她，比任何人都更忘不了她。那是當然的。因為我自出生起就和她生活在一起，她比任何人都更欣喜於我變成這副模樣。

麵包香噴噴的味道，令我感到難以忍受的鄉愁與同等的恐懼。

「媽……媽……」

我發出呻吟。

✦ 第四章 ✦

1

「昨天怎麼樣？」

溫柔的聲音傳進耳朵。

我還是茫然地呆立不動。我不明白情況為什麼會變成這樣。

「妳替新來的客人帶路了吧？他好像叫艾梅洛II世先生來著。」

「咦、啊……是的。」

那番話我也聽過。如果記得沒錯，那是發生在我初次遇見老師後的隔天早晨。想到當時的季節，現在的高溫也可以理解了。

不過，到底發生了什麼事？

這段彷彿回到過去般的對話，是怎麼回事？

最重要的是，與我搭話的對象無庸置疑是母親。看到她以相同的表情，進行與當時的我之間相同的互動，我該如何接受才好？

「媽媽……」

我茫然地呢喃，在發覺某個事實後猛地回頭看著鏡子。

是平常那張自己的臉，費拉特的幻術解除了。假設這是回到過去，我當然也穿著當時的衣服。我抵達倫敦之後的服裝大都是請萊涅絲與老師挑選的，與從前的我相比，風格改變了不少。

我按捺住對於變化的驚愕到餐桌入座，母親動作俐落地盛好了早餐。剛出爐的麵包與鮮乳，醃洋蔥與晨光，每一樣都令我幾乎發顫。

「昨夜，我作了古怪的夢。」

在對面坐下來的母親說道。

她撕了一塊麵包，塗抹奶油，一絲甜美溫和的香味傳來。小時候我經常因為忍不住塗了太多奶油而挨罵。

「我夢到那位客人帶妳離開了。很奇怪吧，那種事情明明不可能發生。」

「……是的。」

我小心翼翼地點頭。

從前也有過這段對話嗎？記憶並不明確。太過意外的情況讓我尚未走出困惑，心臟狂跳個不停。

我也吃了母親盛給我的早餐。

和我吃過數百次的滋味一模一樣。儘管樸素得無法與大家在倫敦招待我的珍饈美餚相比，但味道並不遜色。然而，我此刻恐懼萬分，連要吞嚥都感到遲疑。

在我哽住了好幾次，把早餐吃完之時，母親站起身。

「那麼，我要去向聖母祈禱還有見姥姥了。幫我向貝爾薩克先生問好。」

她走了兩三步，像想起什麼似的轉頭開口。

「對了，守墓人雖然是重要的工作，但妳可不能再更投入嘍。因為妳是非常寶貴的神子。」

母親這樣教誨過我無數次。

我絕不曾遺忘，不過到倫敦生活的期間，記憶隨著參與許多案件的過程一點一點淡去。光是聽到母親說出那句話，我就有種被勒緊咽喉的感覺。

「……是。」

我再度低下頭。

在母親真的離開後，我拖著沉重的身軀回房。

我在房間角落小聲地呼喚。

「……亞德。」

聲調宛如懇求。

當時的亞德應該很多話才對。那個惹人厭的匣子當時經常叫我慢吞吞的格蕾，一碰到什麼事情就取笑、捉弄我，總是愉快地發笑。對我而言，他是我在這座村莊裡唯一的——

然而，亞德沒有回應。

我忍不住卸下固定裝置，從右肩拖出籠子。雕刻在小匣子上的眼睛，宛如從一開始就不曾張開般緊閉著。

「……亞德，為什麼？亞德……」

為什麼你在這種時候不肯醒來？

我緊緊抱住籠子，有好一陣子一動也不能動。

2

我踏出家門，跌跌撞撞地走在村莊裡。

居民們統統回來了。如果這是我離開故鄉前的過去，那是當然的，不過加上突然回到初夏的天氣影響，我覺得自己彷彿變成了幽靈。

如果這是場白日夢還比較好。

可是，當我像這樣一邊擦汗一邊在村子裡前進，我難以阻止截然不同的妄想湧上心頭。

（簡直像是……）

我離開故鄉，抵達倫敦後經歷的案件才是夢幻。

不，那麼想不是更自然嗎？我這種人會受邀前往魔術師的學校，成為君主之一的寄宿弟子，好幾次跨越生死關頭，想像力豐富也該有個限度。我的確喜歡閱讀，一有空就會沉浸在書海中，但冒出這種想像未免也太過火了。

「……不，我曾在那裡待過。」

我搖搖頭，明確地把話說出口。

否則的話，我很可能轉眼間就會適應這個地方。無論是高山特有的清爽空氣、強烈的陽光、土壤的氣息或破舊的住家都太過熟悉了。正因為這裡是我出生長大之地，才熟悉得可怕。

我在教堂前遇見了幾乎胖成球形的人物。

他有肥厚的三層下巴，腹部一帶讓我想起大象或河馬，對於他能塞進祭司服一事感到不可思議。或許有人會覺得他自軀幹延伸出的短短四肢看起來很幽默。

那是費南德祭司。

他身旁，佇立著可愛地噘起下唇的雀斑修女。

「妳怎麼了？」

修女向我攀談。

「什、什麼？」

「妳看起來臉色很差。妳的身體在這個村裡很寶貴吧？看妳一臉那種表情搖搖晃晃地走在路上，別人會擔心妳碰到了什麼事啊。」

「……謝謝。」

那句話出乎意料，聽得我不禁眨眼。費南德祭司與伊露米亞修女是村中少數不以神聖眼光看待我的人物，但我不記得她曾像這樣找我攀談過。

費南德祭司側眼看過來——

「唔，方才令堂前來想向聖母祈禱，妳也是來祈禱的嗎？」

他也朝我拋出話頭。

「啊，不，我無意如此。」

「那麼，就是跟平常一樣是去貝爾薩克先生那裡吧。」

祭司顫動脖子上的贅肉頷首。

「對了，聽說格蕾小姐妳昨天替客人們介紹了村中環境。」

「……啊，是的。」

「妳可曾聽說他們前來這裡有何貴幹？」

「沒、沒有，我們沒談到那方面的事。」

應該是這樣沒錯。

我回想半年前的情況，當時的我說明了墓地與村莊的情形，雖然實在不記得細節了，但我想大致上沒錯。

「這樣嗎？無論目的是觀光或其他事務都無妨，不過村民們似乎有些緊張……在我來教堂赴任時也是如此，他們有著對外部因素過於敏感的一面呢。」

最後那句話好像不是對我說的，而是自言自語。

「如果遇到什麼困擾，還請告訴我，教堂的大門隨時敞開著。而且我一直告訴大家，如果除了拜謁聖母還有其他需要想來找我們，我覺得很高興。」

「……謝謝。祭司與修女要去哪裡呢？」

「購物，今天是小販進村的日子。」

修女揮揮手。

雖然村莊連電力也沒從外面引進，但會有業者定期運輸天然氣等資源過來。我也是透過那個管道，才能偶爾買到書。

「那麼，伊露米亞，我們走吧。」

「是是是，祭司大人。走太快的話膝蓋會受傷喔，畢竟你年紀大了。」

「嗚咕。」

費南德祭司瞪著聳肩的修女，笨重地邁開步伐。

無論如何，與他們交談確實讓我稍微冷靜了一點。

我閉上了眼睛一瞬間。

（……究竟……）

我還是不懂，情況究竟怎麼了？

不過，如果這是以前的日常生活，我知道我該前往何處。

當我從教堂後方抵達破屋時，令人愉快的清脆聲響迎接了我。

黑衣老人剛好在劈砍今天份的柴火。

他單手握著光是斧鋒長度便接近成年女子腰圍的巨斧，充滿節奏感地砍著柴。儘管這一幕對我來說很熟悉，但如今我能夠理解，考慮到貝爾薩克的年齡，他能像這樣砍柴著實令人震驚。

貝爾薩克頭沒有回頭，向站在身後的我詢問。

「妳今天來晚了，格蕾。」

「我……有點心煩。」

我讓呼吸平靜下來，撫摸著胸口，偷偷地觀察四周。

破屋和貝爾薩克都沒有什麼異狀，一如我從前所知的模樣。看著淡然地不斷砍著柴的守墓人，我相隔了一會兒後向他攀談。

「那個，貝爾薩克……先生。」

「…………」

他並未應聲。

這十分尋常。將貝爾薩克稱作沉默寡言不太準確，若有必要，他反倒會變得多話，他似乎只是對日常會話本身不感興趣。所以我也不多想，拋出問題。

「……您不認為村子裡出了什麼事嗎？」

舉起斧頭的手停住。

貝爾薩克擦去額頭微微冒出的汗水，轉身望向我。

「妳指的是什麼？」

「不、不，那個，比方說，大家突然消失，季節明明是冬季卻倒退回夏季之類的。」

「……妳在說什麼？」

貝爾薩克的眉頭皺得更緊了。

不同於老師那體現了憂慮的皺紋，貝爾薩克的皺紋是長年擔任守墓人在風雨中行動，偶爾出外狩獵在山上連待多日造成的。如果我說那是內在皺紋與外在皺紋的差異，是否太輕率了呢？

我硬是加深急促的呼吸，揚起眼珠看著他說道。

「……我只是剛好在書上看到那樣的情節，作了古怪的夢。」

「這樣嗎？」

貝爾薩克乾脆地接受了。

對了，因為這個人也意外地愛看書，所以或許能懂那種心態。以前對任何事都態度消極的我，之所以選擇閱讀當作逃避現實的活動，也是由於在他的書架上發現了偵探與冒險小說。

「更重要的是，關於昨天的訪客……」

貝爾薩克放下斧頭，重新說道。

「發生了什麼事嗎？」

「他向我問起了妳的相貌。」

我吃驚地觸摸臉頰，費拉特的幻術解除後的臉龐。

「我的相貌嗎？」

「就是妳的相貌與過去的英雄一樣這件事。為何鐘塔的君主會知道那種事情？」

啊，對了，曾有過這樣的對話。當時我大受衝擊，呆立不動。來自外面的人，居然會提及我的相貌。

同時，正因為他知情，此事才會如銘印般深深沁入我心中。

——因為，那個人畏懼我的臉。

——明明知情，他依然畏懼。

當時，這句話就是黑暗中的光明。

如果只是不知道我的長相，像費南德祭司他們那樣的話——

不過，我第一次碰到在知道那張臉的意義後，還畏懼那張臉的人。

頂著他人臉孔這一點一直折磨著我，而他給了我接受別人厭惡的選項。正因為如此，後來我才能走上成為那個人的寄宿弟子的未來。

我重新體會到，那果然是如奇蹟般的事件。

「……怎麼了？又在發呆。」

「沒、沒什麼。可、可是，你們為什麼會談到相貌的話題？」

「那位客人似乎想僱用布拉克摩爾的守墓人。」

貝爾薩克說完後瞥了我一眼。

「妳無疑也是其中一人。但正常來想，這座村莊不會放妳走吧。因為從很久以前起，此處便成立於這樣的系統上。」

「……是的。」

當然，他說得對。

所以，當時話題也到此結束。儘管奇蹟的邂逅恰巧降臨，那果然還是與我無緣，我只是像這樣想著，強迫自己接受。我覺得有點悲哀，但也僅只如此。

理應僅只如此才對。

「……請問，那貝爾薩克先生和客人都談到了哪些事？」

「嗯？」

當我開口，貝爾薩克神情奇怪地將目光轉回我身上。

「妳會好奇這種事，還真少見。」

「是、是嗎……不過，這畢竟與我有關。」

「說得也沒錯。對方是鐘塔的君主，實在沒辦法隨便找話帶過。我坦白告訴他妳的相貌的起源，以及與亞德的關聯了。」

我的相貌的起源。

亦即不列顛最偉大的大英雄——亞瑟王。

啊，希望你們聽了別笑，我自己也覺得亞瑟王是女性這種說法很可笑。只是，在這個村莊裡一直留有那樣的傳說，甚至保存了據說是那位英雄曾用過的寶具。

也就是亞德。

貝爾薩克突然看向我的右肩。

「今天那邊也很安靜啊。換成平常，這時候他應該會插嘴開起多餘的玩笑吧。」

「……那個，我們好像都沒睡好。」

「唔，也有這種情況嗎？」

貝爾薩克輕撫著鬍渣說道。

亞德依然沉默不語，我感覺胃部深處一直在發冷。

「無論如何，有必要再刺探一下那人的想法。我今天也打算派妳去為客人帶路，沒問題吧？」

聽到那句話，我幾乎凍結。

貝爾薩克叫我去見老師。可是，如果現狀不變，那老師應該也一樣吧？若是遇見不記得曾與我共度半年時光的老師，這次我豈非就要崩潰？

「怎麼了？碰到什麼不愉快的事了嗎？如果是魔術師，有什麼古怪的癖好，搞出令人難以置信的蠢事也不足為奇……難道那個君主……」

我打斷他的話，連忙搖頭。

「不、不是的！」

貝爾薩克懷疑地觀察了我一陣子，不過他或許是判斷當時的我不會隱瞞什麼，拎起了一旁的籃子。

「就用這個代替午餐吧，妳送到客人那裡去。」

「……我、我明白了。」

我接下籃子，貝爾薩克再度詢問。

「怎麼了？」

他皺起很有男子氣概的眉毛。

「妳果然跟平常不一樣。妳得了夏季感冒？或者是今天有商隊小販進村，妳想買什麼東西嗎？」

「……沒什麼。」

我否認之後，猛然掉頭就走。

客人借住的狩獵小屋距離這裡不遠。

我很快便抵達了。明明再多繞幾段路就好了，我卻絲毫沒想到要那麼做。我感覺骨骼與肌肉彷彿在不知不覺間被頂替成齒輪與彈簧，化為一具機關人偶。

我站在小屋門前，渾身僵直。

我害怕邁步往前走，怕得喉嚨發乾。

我咬住下唇。

鐵鏽味漫上舌尖，我像豁出性命似的推開門扉。

對方坐在靠進門的桌邊。

長髮與柔軟的指尖、嘴邊叼著一如往常的雪茄、和當時相同的夏季外套。他估量似的注視著開門而入的我。

怎麼辦？

我該如何是好？

我是那麼恐懼，那麼不安。到底該怎麼表達，才能讓他了解他與我共度過半年多的時光，跨越過許多案件的難關？我要說的事情比妄想更糟糕，不，如果老師當成我在妄想還算好的，如果他以為是鄉下丫頭作了什麼惡夢而溫柔待我，以後我該如何活下去？

儘管如此，沙啞的嗓音仍自顧自地脫口而出。

「老、師……」

空間充滿了寂靜。

然後——

「……太好了。」

老師深深地嘆了口氣。

「看樣子，妳是我所知道的格蕾。」

「老師！」

那一句話，不知讓我多麼安心。

我覺得自從回到過去後一直感受到的不安統統解消了。

由於衝擊太大，我當場軟了腳。

「格蕾。」

「不、不要緊。我不要緊。」

我舉起單手制止老師，輕撫著使不上力的膝蓋。

總覺得一不留意就會哭出來。我若無其事地擦擦濕潤的眼角，低著頭一再頷首。

「我真的……不要緊……真的……太好了……」

我還沒辦法抬起頭。我真心覺得，幸好有兜帽遮擋住臉。

老師也並未催促我。那份沉默太過溫柔，我再度泫然欲泣。像這樣太詐了，明明雪茄的菸味和從前一樣，沉默卻讓我真切地感受到那段超過半年的時光，深受觸動。

擱下貝爾薩克託我送來的籃子，我設法放緩心跳並發問。

「請問，老師什麼時──」

「我大約是在幾個小時前醒來的。我與幾名村民交談過，這裡似乎很像我遇見妳那時的過去。」

老師謹慎地斟酌詞語說道。

這代表著，他與我在大致相同的時刻醒來。

「費拉特與史賓呢？」

「不知道，用魔術探測也沒找到人。」

老師搖搖頭。

這次，他面露沉痛之色。

「……我不該帶他們過來的嗎？」

「沒這回事。」

我搖搖頭。

「因為，他們倆不是會輕易被人打倒的學生。即使暫時聯絡不上，他們想必也會擅自搗亂，將情況弄得更複雜。」

「……說得也對。」

老師露出苦笑，拿開雪茄。

我看著煙霧冉冉飄上小屋天花板，對老師問出一直在意著的問題。

「這裡是過去的世界嗎？」

「很難講。」

老師歪歪頭。

「在眼中看來是如此，肌膚感受到是如此，然而不能因此輕率地判斷這是過去的世界，再怎麼說也太過妄想了。」

「魔術也不可能做到那種事嗎？」

「唔。」

老師皺起眉頭。

他立刻說出答案。

「從結論來說，不是完全不可能。我曾聽說第五魔法與達到魔法領域的大魔術有可能造成那種現象。」

「……那麼，阿特拉斯院或許做得到？」

「…………」

老師陷入沉默。

「不，姑且不提要送回術者，把沒配合施展魔術的其他人送回過去應該很困難，單靠阿特拉斯院不可能確立那種技術。」

「如果和哈特雷斯合作也一樣嗎？」

「荒唐。」

老師搖搖頭。

「就算理論上有可能，即使掌管法政科的巴露忒梅蘿召集所有貴族主義成員，也實現不了，那種大魔術規模就是如此龐大。別說魔術世界了，首先需要有表面社會的全面協助。哪怕哈特雷斯有神祕的能力，與阿特拉斯院全面合作，那也並非能輕易實現的事。」

「這樣啊。」

既然老師說到這個份上，那應該確實如此吧。

至少，我從未見過老師關於魔術的判斷出過錯。在假說階段，老師會混合拼湊種種要素，但凡是他有自信斷言之事都不會失準。

當然，他會細心地一一除去沒有自信的推論……這一方面也是他平常缺乏自信的反面表現。

「順便一提，時間點是我送萊涅絲回倫敦之後。我是在一大早送走她的。」

按照時間順序，是那個時候嗎？

我記得聽萊涅絲說過，老師展現了罕見的強硬態度，將她送回了鐘塔。

「老師送萊涅絲小姐回去，果然是因為我的相貌的關係嗎？」

「對。我先前也有提到，我確認了妳的相貌與過去的英雄一致，還有這個村莊裡現存著與亞瑟王有關的寶具。」

貝爾薩克方才也談到了。

亞瑟王與我的關係。這座村莊一直延續下來的歷史。製造有能力使用亞德——使用封印於亞德內部寶具之物，這個太過漫長的計畫的盡頭。

即使連意義都已被遺忘，仍悽慘地持續下去的行為。

「……當時，我未能詳細問清楚。」

老師低語。

「明明應該詢問，卻發生了讓我無暇顧及的事件。」

「……是的。」

我點點頭。

我接過老師的話頭往下說。

「……因為明天，我會死於這座村莊。」

那便是過去事件的結局。

促使我與老師一同離開故鄉，踏入鐘塔的契機。老師本來應該會更深入涉及事件吧。不過，他考慮到貝爾薩克的話與當時的我及村莊的情況選擇放棄，帶我回到鐘塔。

老師小聲地咂舌。

「明天，妳將死於教堂嗎？即使回想起來，這件事也很胡鬧。」

「…………」

啊，我明白他正在生氣。

也就是說，老師在想這次死的人會不會是「我」。他為了我而發怒，實在讓我很高興。對於自己會死這種話題感到高興，明明很奇怪的。

「是誰，又是為何要做那種事？」

Whodunit。

Whydunit。

老師說過許多次，在與魔術相關的案件中，除了Whydunit，其他要素都沒有意義。那麼，這次怎麼樣呢？

「……追尋你應當解開的虛構謎團吧。」

我想起翠皮亞的發言，忽然呢喃。

「那句話是那樣的意思嗎？」

「無聊。」

老師搖搖頭。

「但是，這說不定是那種挑戰書。來自阿特拉斯院院長的挑戰書。」

也就是這樣的。

去解開我——守墓人格蕾在此處死亡的原因吧。

當時死去的格蕾是誰，我不得而知，我甚至沒有親眼目睹屍體。

死去的是這個我嗎？

抑或是未曾謀面，長相與我一模一樣的旁人？

我有種很糟糕的預感。我甚至感到難以壓抑的惡寒正自骨髓裡滲出來。雖然至今也曾多次被捲入費解的案件中，但這次是特別的例外，畢竟謎團可以說是從我自身湧出的。

「很有可能。」

老師也點點頭。

「也就是說，這是不解開那個謎題，便無法離開這個類似過去的地方——暫時定義為第二輪吧——回到原先的世界，這一類的挑戰書嗎？」

「……是的，我也這樣認為。」

我們應該去解開的謎團。

阿特拉斯院的院長強壓給我們的問題。

我連半年後村莊裡為何會變得杳無人跡都不知道，但那個狀況一定也源自於同一個地方，說不定哈特雷斯博士接觸翠皮亞的原因也是如此。

「好吧，我接下挑戰，反正都必須挑戰那個謎團。」

「……是！」

我用力點頭同意老師的話。

「那麼，要從哪裡開始調查？」

「我想想……如果情況與過去相同，我黃昏時會與貝爾薩克再見一面。包含那部分在內，我先列出按照過去時間順序發生的事情吧。」

老師從外套內側口袋取出筆記本，以鋼筆流利地寫下來。

我望著他書寫……

「如果情況與過去相同，還有一件重要的事。」

我小聲地補充。

「在老師與萊涅絲小姐抵達村莊後的第三天——今天中午，我決定要跟著老師離開。」

我太過難為情，雙頰發燙。

當時的我，去找了厭惡這張臉的老師攀談。

由於偶然不慎觸及讓我羞恥的根源，老師也透露了他的目的——年輕時，不成熟的他參加過一場戰爭，犯下難以抹滅的錯誤。錯誤已無法更正，自身的愚昧到現在也沒有改變，只是，他說在戰爭中與他相關的那些人都高尚又自豪，應當得到更多讚賞，而他想證明這件事。為此，他想借助布拉克摩爾守墓人的力量。

說實話，當時我幾乎無法理解老師的話。

別提聖杯戰爭了，那時候我連對魔術都所知不多。即使詳細說明，我多半也不能理解吧。

但是，我感受到了那份心意。

我體驗到自出生以來，從未接觸過的熱情。

於是我脫口而出，告訴他如果需要守墓人，我可以接受僱用。當時，我難以置信自己竟然會這麼做。我沒想過要如何說服母親與貝爾薩克，直到現在也搞不懂自己那樣深入接近他的理由。

不過，每個人一定都碰過人生突然的驟變。

如果能像那樣思念著誰，我想試著幫助他──老師讓我萌生了這種念頭。

只是，我們做了一個約定。

──「請一直……討厭我的臉。」

「……是啊。」

老師也微微一笑。

我與老師的聯繫從那裡開始。並非初次見面之際，而是從我們分享彼此的錯誤與傷口的時候開始。

老師流利地寫著筆記。

歸納好的時間順序如下：

第一天早晨：艾梅洛II世和萊涅絲自倫敦出發。

第一天黃昏：艾梅洛II世和萊涅絲與貝爾薩克見面，抵達村莊。

第一天黃昏：艾梅洛II世和萊涅絲造訪教堂，在小屋留宿。

第二天早晨：格蕾為艾梅洛II世和萊涅絲介紹村莊及墓地。

第二天中午：艾梅洛II世和萊涅絲遇見翠皮亞。

第二天黃昏：艾梅洛II世與貝爾薩克會談。

第三天一大早：艾梅洛II世將萊涅絲送回倫敦。

第三天中午：格蕾接受艾梅洛II世的邀請。

第三天黃昏：貝爾薩克與艾梅洛II世交談。

第四天早晨：發現假格蕾的屍體。

第四天早晨：艾梅洛II世與格蕾一起逃離村莊。

「……唔。」

老師對完成的筆記點點頭，手指在紙面上摩挲。

「雖然漏掉了一些零星的對話與遇見的人物，但我們採取的行動大體上是如此。」

「……我想是的。」

內容與萊涅絲的敘述及我的記憶也相符。

我重新看過。萊涅絲與老師同行到第三天一大早為止，在老師待在我故鄉的時間中大約占了七成。

「只能採取和過去不同的行動了。」

老師說道。

「果然要前往沼澤嗎？」

「不，沼澤設了禁忌。雖然依情況而定忽視禁忌也無妨，但那邊很可能有某種魔術防衛機關。換成費拉特與史賓或許有因應之道，但憑我的能力應該很難做到。」

的確，否則老師應該在過去就會去調查了。

「那麼，翠皮亞呢？」

「嗯，我在這個地方醒來後，便先去找他了。」

「——————！」

我一瞬間啞口無言。

「老師。」

我的話裡摻雜了一絲憤怒。

我大跨步地走過去，在咫尺之外仰望老師。

「格、格蕾。」

我朝畏縮的老師揮起拳頭。

咚。那一拳輕捶在他高雅的外套單薄的鎖骨位置處。

「沒有我在身邊，請別做出危險的舉動。」

「唔，不好意思。不，可是、但是……」

老師支支吾吾起來，眼神飄來飄去，在不久後認命地閉上眼低頭道歉。

「對不起，我沒有勇氣與不認識我的妳見面。」

「…………」

好詐。

那種說法實在好詐，太詐了。他明明一點也不明白，我直到剛才為止都抱著什麼心情。

咚咚咚，我不禁再度輕捶老師。

我感到難以置信，不由得捶了一下又一下。這個人打算惹哭我多少次啊？

我低著頭——

「……我原諒你。」

好不容易才擠出口。

「謝謝。」

「……那麼，翠皮亞的情況如何？」

「唔，結果他不在小屋。我在原本的第三天後也不曾遇見他，因此不確定他是本來就不在，或者是這個第二輪設了特殊措施。」

老師再度確認了關於時間順序的筆記說道。

「聽說今天是小販進村的日子，大多數村民都會在村郊的廣場度過。」

沒錯。

這也是費南德祭司及伊露米亞修女不在教堂的理由。母親向黑面聖母祈禱過後，多半也前往廣場了。

所以，過去的我與老師才能得到在那間教堂交談的機會。

「好，我決定了。」

老師做出結論。

「我們再搜索一次那間教堂吧，格蕾。」

3

明明時值初夏，空蕩蕩的教堂卻有些寒冷。

這個村莊本來就小，意外廣闊的聖堂面積更是凸顯了這一點。我沒有接受過正式的操作魔力訓練，但此處總是給我平靜的印象。彷彿唯有這個區域是從世界劃分出來的一般，我好多次都有這樣的安心感。

老師環顧四周後說道。

「和我的記憶中一樣，沒有人在。」

「因為這裡是小村莊，也沒有人會偷東西，所以，大家好像都不會仔細上鎖。」

「……原來如此。嗯，對我們來說正好方便。」

他在長椅之間走動，仰望彩繪玻璃，碰觸祭壇，逐一仔細地檢查悄悄擺在上面的聖餅盤與聖餐杯。

然後，當然是要檢查安放於最深處的黑面聖母。

「以前沒餘力去問，但我很好奇，這間教堂好像是費南德祭司在管理，但並非自從前就是如此嗎？」

「……是的，費南德祭司是幾年前被派遣過來的。伊露米亞修女來的時間更短，去年才剛到村裡。」

「唔，費南德祭司和伊露米亞修女的態度與那些神聖地看待妳的村民不同，也是這個緣故？」

「……是的。」

所以，費南德祭司對我的相貌並未展露興趣。

既非喜歡也非厭惡，而是漠不關心。即使經常碰面，他們在村莊裡也只不過是外人。再過十年或二十年，他們就會改到其他教堂赴任。他們只會記得，這是個有點古怪的封閉村莊吧。

「這代表黑面聖母不是教堂準備的，而是先有黑面聖母，日後再將之作為中心建立了教堂嗎？這是當地特殊宗教向中央妥協的常見模式……不，既然阿特拉斯院都出現了，只有聖堂教會單獨一個組織存在反倒才不可能？」

老師抵著下巴，瞇起眼眸。

傷腦筋的是，他一如往常陷入沉思的樣子不禁令我感到些許安心。由於之前一個人時很寂寞，好像引起了奇怪的反作用。縱容老師睡回籠覺之類的也不好，我必須振作起來。

「無論如何，趁著他們還沒回來，讓我調查一番吧。」

老師仔細地觀察起黑面聖母像。

他一開始先拉開距離觀察整體，不久後又用放大鏡詳細地檢查。他從懷中取出的試劑似乎是他總是隨身攜帶的東西。他輕輕地掃落灰塵加入試劑裡，逐一確認顏色的變化等等。

「看來的確是某種魔術的影響……但聖像本身並非來源。硬要說的話，更接近中轉點。」

老師如此說道，這次取出細細的金屬鏈。

前端懸掛著一塊紫水晶的鏈子發出清脆的聲響，擺盪出弧線。

「探測術嗎？」

那是我也在上課時學過的基礎魔術，據說那以運用在調查及探索上著稱，在魔術世界之外，也有人用那來尋找水源蓋井或石油。

「我攜帶的物品和當時一樣。那時候我沒想到會遇見妳，所以沒有餘力使用。」

老師聳聳肩。

這代表著，他當時似乎也打算調查教堂，而在那個時間點，他遇見了不敢去找小販購物而來到教堂的我。當時的我抱著一絲認為這是命運的邂逅的想法，有點難為情。我想將那股羞恥感一直藏在心中，反正老師應該不會發現……告訴萊涅絲倒是沒關係嗎？

老師在片刻之間確認了紫水晶的弧線——

「在這邊。」

他轉身，在聖堂裡邁步。

在黑面聖母像背面，老師鑽進狹窄的縫隙中，迅速地拍掉塵埃。那是一片平凡無奇的石磚地，即使推動或敲打都沒出現變化。

「……什麼也沒有。」

「唔，實在沒那麼單純嗎？」

老師思索了一會兒，再度從指尖垂下探測用的鏈子。

纏在白皙手指上的鎖鏈，讓我聯想到兩條蛇。

這一次，探測持續了相當久。

老師閉著眼眸，而鏈子文風不動。

「怎麼了？」

「是印象的問題。」

我得到這樣的回答。

「探測術的結果，會連接到術者包含意識、潛意識在內的認知訊息。在那個前提下，我剛才在腦海中想像了二次元的地圖，這次……」

在他說話的時候，紫水晶突然不自然地扭轉。

只有一小部分，奇怪地膨脹起來，搖晃著。

「是這邊吧。」

老師離開聖堂，打開旁邊的門扉。

我們走下老舊的樓梯，轉彎進入走廊，抵達存放葡萄酒等等的儲藏室。由於聖餐儀式中需要麵包及葡萄酒，這間教堂也理所當然保存了這些。

「這裡怎麼了嗎？」

「……那邊嗎？」

水晶在老師手邊晃動。

他來回比較，挪動擺滿葡萄酒的酒架，剝開底下的地毯。酒架意外的輕，是因為空瓶很多的關係嗎？

我瞪著平凡無奇的地板——

「這間地下室，位於剛才的聖堂正下方。」

老師仰望天花板。

「那尊黑面聖母，原本或許安放在不同的地方。」

「……挪動聖像不要緊嗎？」

「雖然也要依術式而定，但稍微挪動聖像的位置大都不成問題。視地區而定，還有挪動神祇的專用魔術呢。」

老師說道，同時再度撫摸地板。

他用力使勁按下去。

這一次地板傾斜，直接滑向側面。

「……樓梯？」

以土塊砌成的樓梯，隨著空蕩蕩的空間出現在地板底下。

*

小販們的攤位十分熱鬧。

商隊只有兩輛小卡車，包含司機在內只有約六個人來訪，但對於村莊而言，這便像是一個月舉行一次的某種慶典。村莊的入口此時類似於跳蚤市場，聚集了將近一百人。

孩子們哈哈大笑，成人們挑著新商品，老人們在一段距離外安然地關注那些情景。小販的來訪似乎也兼具慰勞活動的作用，還提供了一點現場演奏。

只是，那支商隊另有許多村民不知道的功能。

一名小販穿越聽廉價小提琴演奏聽得起勁的村民之間，與村中的居民接觸。

接著，人群中也傳來幾段對話。

「祭司大人。」

「喔喔，沒想到貝爾薩克先生也會過來。」

「故障的收音機需要零件修理，雜貨店沒存貨了。」

「哈哈哈，辛苦你了。聽說今天晚一點會有舞蹈表演呢。」

「不巧的是，我不太習慣慶典的場合，打算立刻告退。」

「那還真可惜。」

「對了，格蕾那傢伙來了嗎？」

「不，我只有早上在教堂前看到她一次而已。」

「這樣啊。那麼，再見。」

幾個人簡短地交談與問候之後，再度分開。

「午安，伊露米亞修女。」

「哎呀，午安。」

「剛才看到妳在與小販說話，是有什麼約定嗎？」

「不，只是我在城裡的朋友託他送信過來。」

「喔喔，能與人通信真叫人羨慕。我對於這座村莊以外的事情一無所知。」

「這座村莊是個好地方，我才羨慕各位呢。」

「哈哈哈，真高興能聽到修女這麼說。這裡就是我的一切，所以直到死前我都想相信這裡是最棒的。」

「是呀，一定沒錯。」

與開雜貨店的老人分別後，伊露米亞修女拿起方才談論到的信封，淡淡地皺起眉頭。

「……啊，來了。」

她張開楚楚可憐的嘴唇呢喃。

還有另外一段。

那是全村年紀最長，大家尊敬地稱作姥姥的老婦人。

聽周遭眾人所言，她應該早已超過一百歲。她身穿古老的民族服飾，看起來非常瘦小，簡直像一具人偶。她的眼睛、鼻子與嘴都掩沒在臉上大量的皺紋之間。

姥姥如枯葉般的嘴唇動了動。

「地下有聲音響起。」

「來自地下嗎？」

「沒錯，很遙遠的聲音，我只在小時候聽過一次，直到現在都忘不了那個聲音。」

老婦人的話語彷彿匍匐而過。

宛如自百年以前傳來一般。

「格蕾的完成度很好。」

「……是的。」

女子幸福地微笑著。

她就像相隔數十年後，迎來翹首以盼的情人的新娘。她的相貌並不特別醒目，此時卻像是綻放的鮮豔花朵。

「那孩子的時刻終於到了。」

那是格蕾的母親。

4

我走下地下的樓梯，同時不斷檢查周遭。

那是未經加固的土牆，或許是天然形成的。略帶濕潤的手感，強化了空間的狹窄與壓迫感。

「這裡是……」

「連妳也不知道嗎？」

當老師這麼問，我接連微微點頭。

「……我第一次見到這裡。」

「原來如此。」

老師低語。

「為了保險起見，先保障空氣無虞吧。」

老師翻動手指，詠唱咒語。

風緩緩吹過的觸感傳至肌膚，似乎是老師的魔術讓入口的新鮮空氣循環進來了。

我不禁有種不可思議的心情，發出苦笑。

「怎麼？」

「不，老師你難得像個魔術師呢。」

「二流也有屬於二流的用法，即使如今都是科學產物更便宜好用也一樣。」

看似生著悶氣的老師舉起手，這次點亮淡淡的光芒。

光線暫且足以讓我們望見前方。

「有腳印。」

老師舉起的光芒照亮腳下。

地面上清晰地留下多次踩踏過的足跡。彷彿在漫長歲月中迎接過許多朝聖者的痕跡，看得我喉頭發出輕響。

「這邊才是教堂的主體嗎？還是說，為了隱藏這裡才興建了教堂？」

我的心臟劇烈跳動。

我不知情的，自己村莊的真實面貌。

妳再往前走好嗎？另一個自己呢喃。得知與自己長得一模一樣的屍體出現的理由好嗎？她發問。

那實在太過可怕了。

我自認前來時已做了充分的覺悟，我的大腦卻並未完全接受。

我的世界裡真的有這種地道存在嗎？這是不是翠皮亞加工過的莫名其妙之物？無用的

念頭不斷湧入腦海。

可是，我沒有停下腳步。我緊緊揪住胸口，一步一步地向前走。

「……從前，地下在世界上許多地方都等於冥界本身。」

老師在行走間說道。

這條路有多長呢？地道在半途中轉彎了好幾次，有時往上有時往下，方向感混亂。感覺我們不斷向下走了幾十公尺，但就算有人告訴我，其實我們幾乎沒向下走，我好像也會接受。

「有些人稱死後世界為冥界或陰府，也有些人則稱之為影之國。無論是哪一種，死的世界都與現實相連，只要有意願，靠步行也能抵達。」

我想起在萊涅絲的敘述中，老師也曾針對這方面講過課。

啊，我們正走向死亡的深淵。

我驚訝地停下腳步。

「有靈？」

「不、不是。」

我搖搖頭，再度望向地道前方。

「空蕩蕩的……」

實際上，我在任何地方都會感受到靈的存在。

這個地球上幾乎沒有無人死過的地方，那種古老呼吸並未留下痕跡的地方也為數不多。令我害怕的是濃度的問題，在淪為靈之後仍要蹂躪現實的鮮明私慾，讓我恐懼不已。

明明已死卻又鮮明活躍，那種矛盾非常可怕。

可是，這裡很不對勁。

豈止靈的能量，這裡甚至連一絲魔力波紋都感覺不到。

地面留下這麼多腳印，應當會有某些殘留意念附著在上頭。即使不到能解讀為言語的程度，也會殘留隱約能分辨的波動。然而，前方只剩下空蕩蕩的空虛。

那到底是──

突然間，狹窄的地道變得寬敞。

廣大得驚人的空間猛然出現在眼前，我發現老師與此同時僵住不動。

我也竭力壓下喉頭的呻吟。

寬廣的空間裡，四處散落著大量骸骨。

而且不只一兩具，人骨的數量龐大到應該有幾十、數百具之多，放眼望去滿地都是人骨，甚至無處可站。

「……布拉克摩爾的墓地。」

老師低聲呢喃。

他吞吞口水，緩緩地轉動眼眸跪下來。

老師逐一比對如花海般覆蓋整個地面的大量人骨，呆然地說出這句話。

「如果……墓地的主體並非在地上……而是在這裡呢？」

「……咦？」

「不，首先，這是墓地嗎？地下在鐘塔也是特別的……因為不同於地表，地下還殘留了一些結晶化的神祕……那麼，這裡是否也是如此……」

隨著老師的說話聲，空間發生異變。

人骨搖晃著。

那些骨頭彷彿受到看不見的線操縱，分別飄浮起來組合在一塊兒。

骸骨士兵就這樣一具接一具站起來，每一具都手持同樣由骸骨製造的武器，有些是劍，有些是長槍，有些是弓箭。它們多半是古代的士兵，我只從那些裝備認知了這點。

是這些骸骨士兵吞噬掉魔力的？

一具骸骨兵轉向我們，我的身體在長劍揮來的瞬間猛然行動。

「——老師，閃開！」

雖然一瞬間感到了不安，但脫離固定裝置的亞德變換了形態。

匣子如魔術方塊般旋轉著，立刻出現的大鐮刀在千鈞一髮之際擋下骸骨兵的劍。

那股震得手臂發麻的威力，令我不禁瞪大雙眼。

不只如此，骸骨兵群更陸續襲來。

（它們……不是靈……？）

那副樣子讓我瞠目結舌。

與骸骨兵的強大相比，其我執與妄執太薄弱了。留戀塵世的靈也能稱之為濃烈的感情本身，說守墓人的工作是鎮定那種情緒也沒有錯。

靈基本上不可能像這樣整齊劃一地行動。

既然如此，這些算是什麼？

我面對的事物是什麼？

「靈基……不足嗎？」

老師低語。

「……什麼？」

「這些多半與純粹的靈是不同的存在。似乎是周遭的魔力注入銘刻於空間的記錄帶，以骸骨當媒介勉強組成了像士兵的形體……啊，這簡直是使役者的失敗作。」

聽到老師的呻吟，我吞了口口水。

那麼，有這種異樣的能力也可以理解。宛如野獸的速度、冰冷鋒銳的殺意及動作。原來如此，比起魔術師的使魔，稱它們是使役者的失敗作更適合吧。

我幾乎在同時注意到——

現場有另一個人。

一個面貌顯然不同的人影，在陸續站起的骸骨士兵後方觀察我們。

「咦……？」

我也幾乎在同時望向那個人影。

那名少女，簡直像……

率領影子英靈的女王的身影。

她戴著金屬面具，看不見長相。不過，她的站姿實在過於酷似……酷似我好多次注視著鏡子——盼望它粉碎的悲慘末路。一個模仿了昔日英雄的鄉下女孩的結局。

【為何、前來？】

那不是聲音。

不過，我感覺到她這樣問我。

【為時尚早。未來之王並未甦醒。妳在地上，我在地下。我等應該在那裡等待吧。】

面對她的發問，我什麼也回答不了。

我不可能回答得出來。

（難道說……）

只有疑問在心中盤旋。

（難道說，當時在那個地方死去的是……）

懷疑如烏雲般湧現，逐漸浸染我的思考。應該在那裡死去的我。可是，我還來不及問出心中的疑惑——

【回去吧。】

戴面具的少女轉過身。

她往洞窟的更深處走遠。

「等一下！」

我站起來。

骸骨兵們成群湧上阻攔我。姑且不論一兩具，要驅散十幾具骸骨兵，這把鐮刀形勢不利。

（——用攻城槌！）

「亞德，解除第一階段限定應用！」

我將手臂用力往上揮。

灌注魔力，以意念翻轉大鐮刀的形態。

然而，回應我的不是變化，而是沙啞不堪的吐息。

「抱歉……格蕾……」

「亞德？」

終於聽到匣子的聲音了。我先感到的是不安，而非高興。

他的聲調讓我憂慮，就像在勉強擠出來原本不該發出的聲音一樣。

「亞德！」

回應到此斷絕。

匣子也沒有從大鐮刀改變形態。

一直保持沉默的亞德，這次宛如斷了氣一般停止所有反應。

「格蕾！」

「——————！」

聽到老師的吶喊，我以反射動作躲開骸骨兵來襲的利刃，意識卻仍是凍結的。我一點也不理解究竟發生了什麼事。不，我明明理解了部分，卻難以接受那個事實。

我的雙膝脫力。

身體的「強化」來不及趕上。

啊，甚至連吸收周遭魔力的功能，都下滑至不到平常的一半。由於這個地方的魔力本身就極度稀少，此刻的我與一般魔術師相差無幾——！

「……格蕾！」

老師的手向側面揮去。

他以勉強凝聚了魔力的無力咒彈射擊骸骨兵。

可是，那種東西只有牽制效果。雖然稱作使役者的失敗作，但那也表示骸骨兵的能力的確有如使役者，以老師的魔術不可能對付得了。明明此刻我正需要保護他的力量，但我甚至連自行站起的力氣都喪失了。

「亞德！亞德！亞德……！」

不行。

他不肯給我一點回應。

那個事實猶如地獄的熔岩般灼燒肺腑，比刀鋒更尖銳，比箭矢刺得更深，剜割我的心臟。那個總是愛耍貧嘴的對象不見了，這樣的想像比任何創傷都更猛烈地粉碎我的精神。

「亞德！求求你，亞德！」

我緊抱住大鐮刀吶喊。

這一瞬間，我忘掉了所有的一切，像個孩子般哭喊。

「醒來啊，亞德！」

大鐮刀突然發光。

5

一個信封在教堂內飄動。

那是方才小販轉交的信函。

伊露米亞修女炫耀似的舉起那封信，抬起下巴發問。

「……你明白的吧，祭司？」

「是的。」

費南德祭司頷首。

從他前來這間教堂赴任時開始，就有人告知過他那個可能性的存在。不過，他其實不認為那個可能性會在自己這一任發芽。他明明以為早已被淡忘的習俗絕不會開花結果，將直接走向腐壞的結局。

啊，不。

他很清楚，只是不去正視而已。

在他赴任之際，那女孩已經變化了。既然如此，發生這種情況的機率就不容忽視。倒不如說，現在是近數百年以來機率最高的一次吧？

「如果時機成熟，我將會殺了這片土地的神子。」

費南德祭司與修女一起往前走，在胸前劃了十字。

「如同昔日我等的前輩在這片土地上，將自稱布拉克摩爾的強大死徒引導至彼方一樣。」

不久之後，他們停下腳步。

此處是地下的儲藏室。

一瓶葡萄酒掉了下來，酒從裂縫中溢出，從地板上打開的洞口往下滴。

「啊，果然……」

祭司摀住臉龐。

「事情變得和那個叫哈特雷斯的人所說的一樣了嗎？」

*

回到破屋後，貝爾薩克忽然抬起頭。

他聽著烏鴉啼叫。

「……永不復返。」

傳說中運送靈魂的凶兆之鳥。

他一直和那些鳥一起生活，他曾認為自己多半會聽著烏鴉的啼叫聲死去。就像祖先們無一例外都是如此，他應該也會將身為布拉克摩爾守墓人的使命轉移給繼承者，什麼也沒達成便逐漸腐朽。

那樣就好，他曾經這麼想。

或許不符潮流，但貝爾薩克曾意外的極為中意這個時間彷彿靜止的村莊。

一切只到那名少女改變了為止。

貝爾薩克已然察覺，烏鴉的啼叫聲是特別的。

「……格蕾。」

乾燥的嘴唇用乾涸的聲音呼喚那個名字。

明明想要壓抑，卻脫口而出。

「我不希望這一天，這一晚到來啊。」

貝爾薩克．布拉克摩爾緩緩地拿起靠在破屋牆邊的斧頭。

轉章

因果錯綜複雜。

時間纏繞交織。

雖然絕大多數人的眼睛看不見，因果與時間如複雜地遍布四處的線一般互相影響。人們在各自的潮流中，以各自的意志透過連結因果與時間活下去，衰敗下去，最終走向死亡。

——可是，此處有人注視著那些線。

＊

不知在何處。

周遭一片昏暗，實際上是否真的如此也不得而知。至少，這代表在視覺上有這種認知。在連時間是否流動都值得懷疑的寂靜空間裡，有人發出活像遭到喪屍襲擊般的呻吟舉起手。

「嗚嗚嗚嗚嗚嗚嗚嗚，教授不對啊。對付喪屍少了黏蟲膠，做彈力索擺盪動作（註：

日本動作遊戲《海腹川背》系列中的獨特動作）少了釣竿怎麼……」

「……嗨，你醒了呀。」

一個聲音傳來。

那使得沉吟的少年猛然翻身爬起來。他用力揉揉眼睛，花費了數秒從腦海中搜索披風男子的名字。

「啊，不行！你是陌生人對吧！」

「唔，我不記得自己做過自我介紹，所以你是正確的。」

男子頷首。

「沒想到你會從那裡干涉術式。阿特拉斯院的術式構成從根本開始就與鐘塔的不同。然而，你幾乎是即興解析術式，甚至做到反向倒流。坦白說，這是與作為魔術師的實力幾乎無關的領域，但毋庸置疑地超乎常理。你們到底是什麼來歷？」

「是！我們是費拉特．厄斯克德司，還有狗狗！」

「所以說！別悠哉地自我介紹！不如說，我的名字叫狗狗嗎！」

另一名捲髮少年在背後怒吼。

「不，因為教授說過問候是做人的基礎嘛！如果沒有狗狗的魔力，我也沒辦法強行干涉那種東西！」

「我沒叫你動手！是你自作主張搶走別人的魔力拿去濫用吧！別四處宣揚得好像我幫

了你一樣！」

俯望著吵吵嚷嚷的少年們——

「啊，果然是傳聞中的艾梅洛教室嗎？」

男子得出結論。

「因為你們兩人在那個時間點不在村中，無法適用於重演。雖然十分抱歉，但希望你們接受這一點。」

「這是什麼意思？」

「正如我所說的意思。」

他調移目光。

男子身旁漂浮著宛如水晶般的球體，其表面映出某地的昏暗景色，他似乎一直在看著那個影像。

那模糊映出的人影，看得費拉特也瞪大雙眼。

「教授！小格蕾！」

「……但是，其實我也沒想像到那個狀況。雖然準備了許多劇本，情願地忍受了許多結局，我卻連想都沒想過這樣的一幕。」

男子緩緩地瞇起眼眸。

「我給出的謎題極為簡單。按照我的預期，他們會解決那個謎題。他們將會調查死於那裡的少女吧。為何她會死去？為何在那個時間發生？他們將會邁向暗藏在地下墓地及村莊裡的古老謎團。這是偵探小說中很熟悉的發展。以他們的思想及性能(Spec)來分配角色，無論如何都遲早會抵達那裡。當然，成功與否則另當別論，所以他們死於探索過程中的可能性也很高。」

鍊金術師口若懸河地訴說著。

「啊，搞不好是因為你們的關係。為了慎重起見先說一聲，我沒有生氣。戲劇隨著舞台或演員出問題、觀眾的反應產生千變萬化是當然之事，沒有即興表演和破綻的戲劇或許完美，卻缺乏生命力。至少，由生物演出，供生物觀看的戲劇，應當充滿生命力。」

無法理解話中的含意。

這名男子的發言，在他的心中徹底完結。既然他的言語並非對他人而發，就無法估計字面上的意義與實際意義有多大的偏離。追根究柢來說，他們與存在數百年以上的怪物是否真的共享言語概念也很可疑。

「不過……可是，啊，非正規可真令人懷念。」

他發出陶醉的聲調。

翠皮亞・艾爾多那・阿特拉希雅始終凝視著「那個」。

＊

亞德發出的光芒只持續了一瞬間。

不過，我僵住的時間要長得多。

老師也因為那個現象屏住呼吸。出現在我們眼前的新人影，就是具有如此強大的震撼力。

白銀的騎士。簡直像童話故事一樣——

「……喂喂。」

騎士舉劍發出嘆息。

劍鋒劃過。

那股鋒銳與力道恍若野獸的利爪。

幾道銀線掠過地下的黑暗，成群來襲的骸骨兵轉眼間倒臥在地。

「一群自私的傢伙。居然強行降臨？沒禮貌（Manner）也該有個限度。拜你們所賜，我才會連靈基（身體）都沒完整成形啊。」

那個身姿極為模糊。

他原本多半和使役者一樣是靈體（以太），不過不同於先前見過的偽裝者，他並未完整具體化。鎧甲也好肌膚也好，人影全身宛如被霧氣籠罩般迷濛。

「基本上，姑且不論其他騎士（蠢蛋），重現覺得英靈都是狗屁的我有什麼用啊？我既非不死的騎士，也不勤快，頂多只有這些傢伙三人份的力量。唉，如果對上愚蠢的巨人，要我用三寸不爛之舌斬下那顆腦袋倒還可以。」

騎士自顧自地叨唸，同時以精妙的劍術將骸骨兵大卸八塊。

好強。雖然他確實不像偽裝者一樣具有超人般的體能，技術卻堪稱高手。那是長年接受正式訓練，經歷許多戰場後鍛鍊出的本事。

「啊，不，不對嗎？叫醒我的是妳吧。結構上明明沒辦法主動發揮魔力還硬是這麼做，真愛護主人啊。」

騎士俯望著我手中的大鐮刀——還在沉睡的亞德說道。

「……你是……誰？」

當我發問，他大幅聳聳肩。

「咿嘻嘻嘻嘻嘻！居然問我是誰，太過分了吧！咱們認識很久啦，慢吞吞的格蕾！」

那個聲音，令我驚愕地渾身僵住。

因為那話不是沉睡的亞德說的，而是出自騎士之口。

騎士以掌心拍打太陽穴。

「哎呀，因為一起沉睡的時間很長，有點混合了。原本不是這個樣子，不過也罷，沒必要非得模仿原型不可，在改變的時候接受改變更符合人類的風格。」

騎士轉身就揮出一劍，又一具骸骨士兵倒下。

「你看來與我是同輩，但都是一副慘兮兮的樣子，饒了我吧。」

騎士輕拍胸膛，行了個禮。

同時，我也感受到奇妙的似曾相識與興奮感。

我住在村莊時唯一的朋友。一開口就戲弄我，叫了我好幾次慢吞吞的格蕾的對象。

為何我對這名騎士，有著與對他同樣的感情呢？

大概是因為他的一舉一動、一言一語都令我感到無比懷念吧。

「總之，記住凱這個名字吧。」

騎士朦朧的臉上露出微笑。

於是，我想起某個傳說。

那個「十三封印」觸及的誓約之一。

凱爵士——亞瑟王的義兄，也叫同一個名字。

後記

三田誠

——人不得不面對死亡。

那是任何人最後都將探頭注視的深淵。

因此這樣定義——「死後的宮殿」與「現世之窗」。換言之，墳墓正是人所製作的最小的死後世界。

故事終於發展到這裡了。

從第一集起就暗示過的格蕾的故鄉。這段插曲聚焦於據說與那位英雄頗有淵源的墓地。

墳墓是人類共通的概念，各文化圈對待墳墓的方式卻意外的有很大的差異。宗教的不同自不用說，例如將墓地設於生活圈附近還是遠處、服喪期的概念、墓地是在山上還是森林裡、周遭是否有水源、權力結構的參與等等，都有各式各樣的變化。

在現代，墳墓與葬禮也可以說是最熟悉的非日常魔術之一吧。

還有，這次在劇情中段登場的客串角色，是否讓許多人感到吃驚？同時應該也有人會想著「你、你不是二十七祖嗎……」。

由於以下內容包含劇情透露又很黑暗，故在此分段。

──劇情透露──

阿特拉斯院的院長──翠皮亞・艾爾多那・奧貝隆（或阿特拉希雅），原本是《月姬》中號稱二十七祖的特殊吸血鬼之一。

只是，從不久前起，在各個作品中都有介紹他，最近在《Chaldea Ace》的廣播劇ＣＤ與竹帚日記上也都提及了。我想有人已經得知，Fate世界與月姬世界從根本的部分開始便存在各種差異。

話雖如此，這是太過出乎意料的大事……畢竟當奈須先生在《事件簿》第一集問世前揭露這件事時，全體外傳作家都嚇呆了。以下老樣子地重現了劇場（全體作家台詞已經過監修）。

きのこ：「啊，其實呢，二十七祖在Fate世界並未成為二十七祖。」

作者陣：「…………！！！？？？」（全體僵硬&不明白他在說什麼）

きのこ：「二十七祖只有在以『月姬』為骨幹的世界才有可能成為二十七祖。相反的，月姬世界也沒有使役者這種令人難以置信的使魔吧？」

三田：「那《Fate/Complete material》呢？」

きのこ：「那個被人理焚燒焚書了。對了，成田先生的Fake不必在意這些，畢竟是介於兩者之間的特殊領域。」

成田：「啊、啊、好的。非、非常、乾、感些、謝……？」

きのこ：「但是三田先生的事件簿要以此為基準。說來話長，月姬R在這方面……」

三田：「Wait Wait Wait！きのこWait！從現在開始寫出有疑問的項目，歸納成全員共用的摘要啊，きのこWait！」

きのこ：「咦～好麻煩～比起那個，這披薩真好吃。」

東出：「呵呵呵，吾之作品已完結，後面就交給諸位了。」

櫻井：「（謹慎地聽著質疑）……總之對我好像也沒有影響，呼……」

或許再也沒有比那一天更令我震驚的日子了。啊，不對，記憶中好像發生過……

如果搭配《Fate/strange Fake》第四集的後記一起閱讀，可以發現那邊與這邊「某些」差異的一部分。與成田先生他們尖叫著調整設定，找出哪裡有差異的作業，宛如文化祭前一晚般愉快。

——劇情透露到此為止——

本篇終於開始助跑，準備邁向最後階段了。

從結果來說，故事的旨趣也略有變化。我至今都會考慮到案件的獨立完整性，好讓讀者無論從任何地方開始都能閱讀，但從這本第六集開始，劇情將以先前的故事為前提來發展，請剛開始購買本系列的新讀者留意一下。

從前，在「TYPE-MOON Fes.」熱情推動下開始寫的《艾梅洛閣下II世事件簿》，正朝最新的《Fate/stay night》的第五次聖杯戰爭加速前進。願我手中筆能追上他們的速度。

另外，我想應該有不少讀者知道這個消息，《艾梅洛閣下II世事件簿》漫畫版計劃將刊登於《Young Ace》上，負責創作的是東冬老師。我曾為《嵐之花叢之歌》的筆觸感到陶醉不已，當合作拍板定案時吃了一驚。也請大家期待漫畫版的登場。

最後，替《事件簿》描繪出陰森的鄉間這個新面貌的阪本みねぢ老師、這次也提供了詳盡入微魔術考證的三輪清宗先生、監修費拉特等角色台詞的成田良悟老師、以奈須先生、武內先生與OKSG先生為首的TYPE-MOON全體工作人員們，我謹在此致上謝意。

當然，還有拿起這本第六集的你。

我想下集會在冬季呈現給大家。（註：此指日版）

二〇一七年六月

記於閱讀城平京&片瀨茶柴著《虛構推理》時

國家圖書館出版品預行編目資料

艾梅洛閣下II世事件簿 / 三田誠原作；K.K.譯. -- 初版. -- 臺北市：臺灣角川, 2020.07-
冊；　公分. -- (Kadokawa fantastic novels)
譯自：ロード・エルメロイII世の事件簿
ISBN 978-957-743-881-2(第6冊：平裝)

861.57　　　　　　　　　　109006787

Kadokawa
Fantastic
Novels

艾梅洛閣下Ⅱ世事件簿 6

（原著名：ロード・エルメロイⅡ世の事件簿 6）

2020年7月15日　初版第1刷發行

作　者：三田誠
插　畫：坂本みねぢ
譯　者：K.K.

發行人：岩崎剛人
總編輯：蔡佩芬
編　輯：蘇涵
美術設計：宋芳茹
印　務：李明修（主任）、張加恩（主任）、張凱棋

發行所：台灣角川股份有限公司
地　址：105台北市光復北路11巷44號5樓
電　話：（02）2747-2433
傳　真：（02）2747-2558
網　址：http://www.kadokawa.com.tw
劃撥帳戶：台灣角川股份有限公司
劃撥帳號：19487412
法律顧問：有澤法律事務所
製　版：尚騰印刷事業有限公司
ISBN：978-957-743-881-2

LORD EL-MELLOI Ⅱ CASE FILES Volume 6

First published in Japan in 2017 by KADOKAWA CORPORATION, Tokyo.
Complex Chinese translation rights arranged with KADOKAWA CORPORATION, Tokyo.